A E
& I

# Últimos días de mis padres

Autores Españoles e Iberoamericanos

# Mónica Lavín

# Últimos días de mis padres

Planeta

© 2022, Mónica Lavín

Diseño de portada: Planeta Arte & Diseño
Fotografía de portada: cortesía de la autora
Fotografía de la autora: Blanca Charolet

Derechos reservados

© 2022, Editorial Planeta Mexicana, S.A. de C.V.
Bajo el sello editorial PLANETA M.R.
Avenida Presidente Masarik núm. 111,
Piso 2, Polanco V Sección, Miguel Hidalgo
C.P. 11560, Ciudad de México
www.planetadelibros.com.mx

Primera edición en formato epub: mayo de 2022
ISBN: 978-607-07-8721-8

Primera edición impresa en México: mayo de 2022
ISBN: 978-607-07-8730-0

Impreso en los talleres de Litográfica Ingramex, S.A. de C.V.
Centeno núm. 162-1, colonia Granjas Esmeralda, Ciudad de México
Impreso y hecho en México - *Printed and made in Mexico*

*A María José*

*A Pedro*

Nosotros que conocimos a nuestros padres
en todo, en nada.

Perecen. No podemos devolverlos.
Los mundos secretos no se regeneran.

Y cada vez, una y otra vez
lanzo mi lamento contra la destrucción.

YEVGENY YEVTUSHENKO

Nuestra vida no es un sueño, sino una sombra fugaz
entre el tiempo y la luz.

THEODOR KALLIFATIDES

Tú que no recuerdas
el paso desde el otro mundo,
escucha: yo podría volver a hablar:
lo que regresa del olvido
regresa por su voz…

LOUISE GLÜCK

Antes de que la sombrilla del tiempo cubra los detalles, antes de que su voz se borre por completo, antes de que yo misma sea polvo, vuelvo a los últimos días de mis padres. Cuando yo aún podía ser la hija de alguien y consultar su memoria, cuando me podían narrar el tiempo del que no fui testigo.

Las últimas palabras que crucé con mi padre fueron: *Eres un egoísta, ¿qué hará mamá?* Estaba sentado en el reposet con la luz de la ventana a su espalda y era de mañana. Llevaba más de una semana hospitalizado y no veíamos cómo enfrentar los gastos. Mis padres no tenían seguro médico, alguna vez lo pagaron, después mi padre se descuidó en los pagos cuando su vida dio una voltereta y al intentar contratarlo no tenían la edad para que el seguro los aceptara.

Los doctores habían dicho que la septicemia cedía. Pero aún tenía que permanecer en el hospital pues evaluarían el daño de la infección en los órganos. Todos pensábamos en su vuelta a casa, él también. Si no, para qué la innecesaria discusión que tuvimos al final. Había un cliente para la casa donde vivían. Vender. De otra manera, cómo se podía pagar esa cuenta. Con voz muy dulce, mi madre le dijo: *Sol, tendremos que vender la casa.* Se llamaban así: *Sol* o *Bicho.* Porque por más averías que hubo en la relación, intermitencias dolorosas, mis padres siempre eran esa pareja bailando tango con garbo. Yira, Yira. Una unidad: un jarrito rajado que con un buen cemento seguía de pie. Mi padre respondió con un *No* contundente. *Pero, Bicho…* dijo mamá, *no tenemos dinero para pagar el hospital. No importa.* Entonces entré al quite, *Papá, ¿cómo resolvemos esto, y que ustedes tengan dinero para vivir?* Justo en esos días, los inquilinos que rentaban el local se habían ido. Dijo que pagáramos

13

nosotros, lo cual era imposible y él lo sabía. *Tenemos que vender,* insistió mamá. *No,* repitió con furia, el gesto determinante, paradójicamente, le daba cierta vitalidad a su figura aún erguida cubierta por la bata blanca. *Pues yo vendo,* dijo mamá con desesperación. *Entonces nos divorciamos,* se defendió mi padre.

Era una respuesta absurda y de la que podían haberse reído en un escenario lejos de ahí, como lo del tequila con la enfermera en días anteriores. Pero estábamos aterrados de lo que se nos venía como desfogue de presa, y aunque tal vez había sensatez en no vender, pues aquello se podía rentar, no había manera de enfrentarlo de golpe. *Papá, cómo crees,* le dije. *Nos divorciamos,* insistió. Furiosa le dije que cómo podía hacerle eso a mamá. Me enganché con su necedad de hombretón, de jefe de familia, hice berrinche de niña y con un azotón de puerta salí del cuarto y de la posibilidad de escucharlo para siempre. Me salí de lo poco que le quedaba de vida, como si yo fuera la agraviada. Cuando era la vida la que lo agraviaba. ¿Por qué no celebré esa frase en su noción de futuro?

Divorciarse era vislumbrar un tiempo que continuaría. Era una apuesta de vida.

Vi el documental sobre Pavarotti en un vuelo de avión. Pensé en mamá, y en su aprecio por el don de la voz. La voz es por donde nos desparramamos, se vierte nuestra relación con el mundo. Con más razón si se trata de un prodigio del canto, de ese dominio técnico anudado a la emoción. Mamá escuchaba ópera en silencio, a la Callas o a Pavarotti, en la oscuridad de la sala. Mis padres me enseñaron a amar la belleza. A detenerme frente a un cuadro, a escuchar jazz, a Bach, a los Beatles. Pavarotti me hace llorar.

Soberbia. Escribir puede ser eso, sobre todo si no solo es para uno, como ahora finjo al compartir la intimidad de la muerte de mis padres. Temo al olvido y quiero por encima de la degradación vertiginosa de esos días de internamiento (la pérdida de voluntad, la indignidad del cuerpo, el número de habitación y el expediente en que se convirtieron, el pizarrón con los nombres cambiantes de las enfermeras de turno) devolverlos de ese final donde los detalles se pierden. Ellos tan viajeros, tan gozosos del bienestar y el asombro, tuvieron como última estancia un cuarto de hospital durante dos semanas. Me duele escarbar en esos días del triste telón. Pero me pesa más la desmemoria, no saber quién fui yo mientras atestiguaba el descenso, mientras me confronté con mi hermana, mientras mis brazos dolían como si hubieran cargado a mi *padre* antes de morir, al tiempo que mis manos retuvieron

15

el último apretón de las de mi *madre*. Quiero recuperar, tal vez por doblegar al tiempo, por tenerlos conmigo, lo que pueda ser salvado de la indecencia de morir viejo en un hospital y no en casa como debiera ser. Quiero rescatar del desagüe la manera en que los hijos competimos por su amor aun a su muerte. Quiero la imagen que los padres nos devuelven de nosotros mismos: su ojo que repara en nuestras gracias y torpezas. Quiero ser redimida por el recuerdo de quien ellos decían que era yo.

Me pregunto por qué los escritores queremos hacer público lo privado, por qué necesitamos escribir sobre la orfandad. ¿Por qué la intimidad exhibida, por qué deshojarse frente a los desconocidos? ¿Por qué?

La orfandad es perder un papel virtuoso. Ya no ejerzo de hija. He perdido un oficio, he perdido un lugar. El único donde se me amaba conociéndome, aconsejándome, a veces lastimándome, espejos al fin, prolongaciones de lo que ellos han querido o no han querido que sea. Acompañantes.

Soy esa sin papel que quiere rescatar los mendrugos de hija en funciones.

Mi padre murió a los noventa, mi madre acababa de cumplir ochenta y seis, junio se los llevó con un año de diferencia. *… la edad no es relevante para el dolor,* escribe Chimamanda Ngozi Adichie a la muerte de su padre a los ochenta y ocho años, *no se trata de lo viejo que era, sino de cuánto lo queríamos.*

Pavarotti murió a los setenta y un años. Mi abuela materna a los sesenta y tres, cuando mi madre tenía treinta y cinco. Mi padre se quedó sin el suyo a los dos años. Fui afortunada. Pero un amigo me lo aclaró: no importa cuántos años tengas, la orfandad es la orfandad.

De esos últimos días de mis padres debe desprenderse alguna lección que quizás escribiendo estas líneas descifre. A lo mejor para tener la dicha de escuchar a Pavarotti mientras bebo el Cava y amo la vida, y sonrío al tiempo que ha pasado y sigue pasando y me ha hecho ya una mujer añosa, lejos de la niña que está en los retratos.

Perder a los padres es también mutilar la infancia, el tiempo que no nos podemos contar de nosotros mismos.

# MI PADRE

Siempre pensamos que papá sería el primero en morir, por eso cuando mamá se puso grave y al borde de la muerte unos meses antes, nos desquiciamos con un orden inesperado.

Mamá festejó su cumpleaños ochenta y cinco en el hospital. La habían trasladado de terapia media a un cuarto. Las imágenes que mostraba el doctor con orgullo nos permitían reconocer que lo nebuloso en el fondo de los sacos respiratorios era cada vez más tenue y menos visible, pues el agua en el pulmón se reducía. Mamá iba bien. Papá no quería ir al hospital, ella tampoco quería que él se enfermara contagiado por otros, o que le afectara verla aún atada al suero o haciendo los ejercicios de soplado para que las bolitas de plástico rojo ascendieran por unos tubos transparentes. Aquello parecía un juego de niños en el que mamá, siempre disciplinada, se volvió experta y empeñosa cuando lo llevamos a casa para que continuara la tarea que luego repitió mi padre.

Ahora que *escribo* y las vuelvo a traer a mi presente, el rojo de esas esferas es llamativo; quien diseñó el artefacto hizo así evidente la capacidad de los pulmones de cumplir con su trabajo. Aquello era un gimnasio portátil. Inhalación y exhalación. Dos palabras, dos acciones inversas, un solo soplido. Bum, las cinco pelotas, ¿o eran tres?, sostenidas en lo alto del tubo.

La verdad es que papá debe de haber estado aterrado de asomarse a la salud frágil de mamá, de pensar que la neumonía podría matarla y él, quedarse solo. La quería al lado siempre: se quejaba si tardaba en las tiendas, si estaba en la sala leyendo en lugar de a su lado mirando la televisión. Papá tenía miedo y esos días nosotros olvidamos que estaba por cumplir noventa años.

Compramos un pastel y, aunque no permitían más que dos visitas en el cuarto, hicieron una excepción. Fuimos los tres nietos y los tres hermanos, y papá le hizo llegar el regalo que me encargó comprarle. Un Chanel Black, pues el anterior se había terminado. Mamá estaba feliz con aquel gesto. Además podía continuar con el rito de perfumarse antes de dormir, un poco en el escote y detrás de las orejas, una manera de quererse. Papá solía regalarle alguna coquetería que ella luciera. Una blusa de seda, unos aretes, un saco. Y mamá, salvo en los años que no estuvieron juntos, decía con mucho orgullo: *Me lo regaló tu padre.* A veces lo escogía él, pero con el tiempo se hizo más perezoso y entonces le decía: *Bicho, cómprate algo.*

Conforme mamá se ponía mejor y su humor delataba la fortaleza recuperada, nos preocupó papá, solo en la casa, tan necesitado de la presencia de su esposa. Mi hermano se había mudado a la Ciudad de México para estar más tiempo con nuestros padres y lo acompañaba, mientras perdíamos el temor de que mi madre dejara de ser nuestra. Saldría con el tanque de oxígeno portátil que usaba desde hacía algunos años y en casa estaría conectada al concentrador el día completo. Cuando dejamos el hospital el doctor advirtió que tendría que cuidarse muchísimo de no contagiarse de otros virus, de no estar con personas enfermas, de no enfriarse. Mamá lo cumplió al punto que encontró una manera elegante de no saludar con un beso a quien no quería: *El doctor me lo tiene prohibido para evitar cualquier contagio.* Yo la besé muchas veces admirada por la tersura de su piel, una humedad que ni mi hermana ni yo heredamos. Dijo que el oxígeno le ayudaba. Siempre encontraba maneras de no quejarse de la vida. Le gustaba mucho. Aunque después de la muerte de papá, la falta de su demandante compañía la empezó a resquebrajar.

Mi padre habrá tenido que pensar no solo en su miedo a morir, sino en que mi madre lo hiciera antes que él. En cómo sería la vida sin ella. No había sospechado esa alteración del orden, como nosotros. Mi padre no conoció la viudez. La hubiese sobrevivido muy mal. ¿Lo habrán hablado entre ellos? *¿Si tú te vas primero qué haré yo y viceversa?* Como canción de Jaramillo… «Si tú mueres primero, yo te prometo…». A la muerte individual hay que sumar la demolición de la pareja. La cojera emocional. Mi padre habría necesitado muchas muletas. En terrenos de salud era un agnóstico.

En aquel viaje en familia a París, cuando rentamos un departamento remodelado en Le Marais, y ellos estaban a punto de festejar sesenta años de casados, papá me dijo que quería regalarle un suéter a mamá. Habíamos visto una tienda de suéteres de cashmere en el barrio. La pensé más cerca de lo que estaba e hice caminar a papá más de lo que él podía. Usaba bastón, y aunque salía muy poco del departamento alquilado, decía que era el mejor viaje de su vida. ¿Será la sensación de que es el último viaje lo que lo vuelve el mejor de nuestras vidas? Me sentí mal por mi poca previsión frente a un anciano como lo era mi padre, aunque yo me resistiera a verlo así. Él confiaba en mi juicio, como treinta años atrás cuando había hecho bajar a toda la familia con maletas en una estación de tren equivocada en Francia antes de llegar a la frontera española (eran tiempos en que era preciso cambiar de tren). Por fortuna nos dio tiempo de volver a subir antes de que partiera. Mi padre y yo nos dábamos la razón mutuamente con facilidad.

No le quedó más que seguir por las calles con su altura vencida y el bastón aferrado con furia. Reposando a ratos, mientras yo miraba por aquí y por allá, casi segura de que estaba perdida, llegamos a la tienda. Se sentó descompuesto en un banquito mientras la dependienta y yo le enseñábamos el suéter que le gustaría a mamá. Al final dijo que también escogiera uno para mí. Elegí un suéter azul Caribe de cuello en V, alegre y abrigador. Aún lo tengo, igual que el de mamá, aquel rojo abierto.

Las parejas se regalan en un esfuerzo de halago y anticipación. Un regalo es la constancia de qué tanto conocemos al otro. El regalo más espléndido que hizo mi padre a mi madre fue en las vacaciones de 1965. Con el calendario escolar ajustado al hemisferio sur, pasábamos el mes de enero en una casa que rentaban con sus amigos frente a la playa de La Condesa, en Acapulco. Los padres regresaban a trabajar a la ciudad mientras los niños nos quedábamos con nuestras madres en largos días de playa y alberca. Papá volvía ese fin de semana para el cumpleaños de mamá, manejando el Mustang negro que recién circulaba en México cuando se le atravesó una vaca en la carretera y el cofre del obsequio se deshizo. Papá llegó, no sé cómo, sin coche ni heridas y con el recuento trágico del accidente. Escribir requiere detalles. ¿Qué hora era? ¿Quién le dio aventón? Imagino que el regalo fue aflicción para mamá, que quizás no deseaba tanto un coche deportivo y de estreno —que tuvo cuando fue reparado—, como lo hacía mi padre.

Mamá, ¿te gustaba manejar el Mustang? Las preguntas que no hice me asaltan todo el tiempo. Compruebo cuántas veces me recargué en su *memoria* para la precisión de lo que ellos vivieron y registraron. Mi madre tenía extraordinaria memoria (mi hermano la heredó); mi padre la consultaba para nombres de personas, calles, años. Mis archivos naturales ya no están.

Para el final de febrero, mamá estaba recuperada y pudimos celebrar los noventa años de papá en casa de mi hermana. Una comida en familia y con los amigos más cercanos a ellos. Dos mesas redondas puestas con esmero por mi hermana, que nos sorprendió con el detalle de una foto adosada a los redondeles de las servilletas. En la foto en blanco y negro, mi padre carga a mi madre como en las películas. Ella lleva un vestido a la cintura con vuelo y el pelo rizado, aunque era lacia. Mi padre presume un saco *sport* en su torso largo. Los dos sonríen traviesos, son muy jóvenes: veintisiete y veintidós años. Acaban de regresar de su luna de miel en Acapulco. Van a comenzar una vida y cruzan el umbral de su nueva casa. Se ven felices, aunque mi madre siempre dijo que no era grato habitar en la casa de atrás de su suegra. Una casa donde el área de servicio había sido adaptada para vivienda. Mi madre recordaba cómo mi abuela despertaba todos los días a su hijo gritando desde la ventana de su casa. Se quedaron un año allí porque, a punto de nacer yo, encontró la excusa para mudarse: ya no cabían.

La foto, ahora en mi cartera, llevaba el nombre de cada uno de los comensales. Ese cumpleaños de mi padre festejamos también la salida de mi madre del hospital. Los dos allí vivos y juntos a pesar del lustro en que estuvieron separados.

En aquel cumpleaños preparamos una secuencia de fotos que proyectamos en la pantalla de televisión. Recalcábamos la dicha de tenerlos, de ser su progenie: tres hijos, tres nietos, acompañados de tres amigos entrañables. Y también la idea del amor que parecían seguir cultivando con equívocos, paréntesis e imperfecciones. Bailamos haciendo desfiguros alrededor de la mesa. Mi padre apagaba las velas del pastel. Su camisa amarilla lucía vivaz como el sol de invierno en la Ciudad de México. Éramos un tapiz donde no faltaban piezas. Un posible final de cualquiera parecía una ficción lejana.

Antes de la hospitalización de mi padre, un viaje. Antes de la de mi madre en aquella neumonía primera, también. Un viaje, siempre de viaje. Mi padre lo reclamaba. *Te extrañé mucho, hija*, me dijo cuando regresé de España, unos días antes de que la ambulancia lo trasladara al hospital.

Había ido a la Feria de Sevilla a bailar sevillanas, como un deseo largamente cobijado que no quería detener. ¿Cuántos sueños habrán detenido mis padres? ¿Cuántos inconfesables? Aunque ellos no postergaron viajes, me inocularon ese deseo de ensanchar mundo. Esa tarde les muestro las fotos en mi teléfono, que es como ahora se documenta la vida. No podía faltar la de la Plaza de España, donde cada una de las provincias españolas tiene un nicho, una banca y un pequeño mosaico en el piso con el mapa de la región. Retraté Santander para mi padre, porque la foto de su padre en Sevilla, precisamente en ese parque, es la última imagen de él. En realidad, hay muy pocas de ese migrante de Noja a Huixtla, en Chiapas, donde con su hermano se aventuró a montar una finca cafetalera. Los que sobreviven desconocen las razones de ese viaje a España. Unos dicen que para curar de paludismo al hijo mayor, sin figurarse que para esa enfermedad tropical su país le quedaría a deber. No lo creo porque no aparece ningún niño en la foto. Lleva un traje oscuro y una sonrisa melancólica. No es esbelto ni alto como mi padre, pero su rostro, con esa frente de grandes entradas y las cejas en pico, es una calca.

Les cuento de las casetas de baile donde las niñas pequeñas caracolean las manos con gracia de cuna, los vestidos se menean en verde olivo y rosa viejo, hasta los caballos destacan altivos, montados por jóvenes con sombrero cordobés. Les describo el vestido que me prestaron, los zapatos colorados que me compré, lo natural que bailan los de allá mientras yo estoy muy atenta a los pasos. Cambiamos de caseta, comemos jamón y más fino. El tono pajizo de la bebida apacigua el calor de mayo, más grato que molesto, más floral que otra cosa. Estoy contenta de haber ido, y aún no sé que el contento se empañará. Imposible presagiar cuándo será la última foto de los nuestros o la nuestra. La última imagen de mi abuelo es en su España natal, pero de turista en la ciudad andaluza. Mi abuelo no puede saber que a su regreso lo matarán en el monte, a caballo, mientras cumple por única vez la tarea de su hermano enfermo: llevar la raya a los piscadores de la cereza del café. La foto en la Plaza de España en Sevilla detiene la vida que se irá muy pronto. Mi padre siempre la presumía, porque comprendió el lugar de esa foto en la vida de su propio padre. Pudo ocurrir una historia distinta, la de un hombre con hijos labrando un porvenir en territorio ajeno. A los dos años de papá, con una mentira para consolarlo, se mudaron sin el padre asesinado a la Ciudad de México.

Estamos sentados en el comedor, yo al lado de mamá para que me escuche bien, papá de frente en la mesa redonda con la bata que no se ha quitado en todo el día. Me pide que le cuente de mi viaje a Sevilla. Mamá y yo enmudecemos y nos miramos preocupadas. Ella dice que lo acabo de contar. Que le enseñé la foto de los mosaicos con el mapa de Santander. Papá se queda en silencio. Se defiende lanzando un tímido *es verdad*. Busco la manera de rescatarnos: les digo que voy a Orizaba mañana a presentar un libro. Mi padre se duele: *¿Por qué tengo que viajar tanto?* Siento la culpa de abandonarlos. Cuando me despido le digo a mamá que lo veo distraído, ella me lo confirma. Ninguna de las dos sabe que tendré que regresar intempestivamente. Que será la última vez que vea a mi padre en su casa.

Me aferro al volante del auto, mientras mis padres vuelven a ocupar sus sitios en el estudio frente a la televisión: mi padre el sillón azul, mi madre el sofá amarillo. Me invade el desasosiego. Me tengo que ir antes de que anochezca porque el negocio en la planta baja cierra y la reja del estacionamiento es muy difícil de abrir: necesita aceite y pesa mucho. Así que salgo de prisa, advertida por el ruido de metales agónicos que anuncia el cierre. Un temblor del cuerpo me acompaña de vuelta a casa.

Las cosas no estaban bien y yo iba y venía como si mis padres siempre fueran a estar a mi regreso.

Mi padre quería ser escritor. Lo sé por su silueta en la máquina de escribir portátil en la casa, lo sé porque alguna vez escuchamos su voz salir de aquellos carretes enormes de una grabadora alemana, tecnología de punta cuando mamá le hizo aquel regalo. Leía un cuento. El personaje se llamaba Lydia y fumaba, como él, como mi madre. Como los amigos de mis padres. Siempre los Raleigh hasta que fueron Marlboro, siempre el humo en aquel estudio de la casa donde mi padre escribía en la máquina que yo conocí sobre el escritorio de su oficina. Fue cuando vivíamos en la calle de Coahuila, junto al taller donde un gran artefacto escupía tejido y hacía el ruido de ir y venir. Que se produjeran cosas se acompañaba de sonido, como en la máquina de escribir. Yo me subía a la silla del escritorio de papá y metía una hoja y escribía palabras. Anuncios para el negocio. Proponía un servicio de cuidar niños mientras las señoras se probaban los suéteres y vestidos de venta en la tienda.

El escritorio de mi padre era el mapa donde encontrarlo, era él. Me hablaba de Hemingway, de Steinbeck y de Updike. Más tarde, cuando mis padres fundaron aquel negocio exclusivo de artículos de piel en la Zona Rosa, el escritorio fue una mesa Knoll que también mamá le regaló y que ahora es mi comedor. La mesa es ligera y rectangular, de encino pulido. A veces paso mis manos sobre ella como si tocara la cabeza de mi padre, su ordenado desorden. Su mundo de cuentas, retacería, producción. De un lado, las cajas muestra y sus tamaños diversos para envolver artículos. Del otro, facturas y documentos detenidos por los pisapapeles de cristal que trajeron de Murano, o por la pequeña efigie de la diosa griega de la salud, Higia, que tengo frente a mí, la sumadora y el muestrario de pieles que pasábamos como si fueran las páginas de un libro. Texturas y orígenes, los colores que ofrecía la temporada: un becerro verde, o una cabritilla miel, o napa, la más fina, o el ante moca. Era una Guía Roji de los deseos: pieles que cubrían el cuerpo de alguien; suspendidos de una mano, o custodiando los billetes. Aquel atado de muestras se convertía en rollos de piel que, desparramados sobre los burros de madera, colgaban como animales exangües. Cada pellejo era un reto de aprovechamiento: mi tío examinaba la forma para utilizar los cortes en chamarras, bolsos, carteras o cinturones.

Papá sumaba, y secretamente escribía los cuentos que no guardó. Luego creí que había dejado de escribir, pero en alguno de nuestros encuentros en los años de separación de mi madre, me dijo: *Lee este poema mío*. Contesté un *no* tajante que acuchilló el aire y seguramente su corazón. No quería ver sus pedazos de hombre apasionado por otra mujer: pensé los versos como un pasadizo a su intimidad. No insistió y yo barrí el tema hasta que volvió con mamá y le dio por traducir los poemas de Raymond Carver. Eran tiempos de paz, de los lugares en la mesa de domingo recobrados, de cumpleaños con un lleno total. Le conté cómo me gustaban los cuentos de ese autor y me pidió revisar su versión al español de algunos poemas. Los traducía en una *laptop* que había aprendido a usar; incluso enviaba correos, pero no los sabía contestar. Entonces le pedí perdón por no haber leído sus poemas cuando él quiso compartírmelos. *No te preocupes*, dijo.

Pasó el tiempo, y un día, en aquel cuartito de San Ángel donde a veces subía para ordenar papeles y administrar las rentas de los locales una vez que el negocio cerró, pasé a saludar. Me senté en el sillón que miraba a aquella azotea de macetas floridas, él me leyó el poema de un muchacho que se enamora de una prostituta. Me gustaba el cuidado de sus frases, las imágenes, los ojos del joven deslumbrado ante la mujer que le muestra el camino de los cuerpos atendidos. *Soy yo*, confesó al terminar de leerlo. Escribía poemas de su vida. Ya estaba lista para escuchar la parte de él que no me correspondía, el pedazo de vida antes de mi arribo. Verlo adolescente y titubeante, perdiendo la virginidad y la inocencia. No lo sé. No me leyó más. Allí están en la *laptop* que yo conservo, silenciados por mi desidia, enmudecidos por mi pudor.

Me regaló un poema: *La impuntual*. Un poema de un padre que conoce y comprende a su hija, que cobija mi corazón.

Me gusta viajar en carretera, como a mi padre. El paisaje es una forma de lectura que los aviones nos han esquilmado. Por eso disfruto los trenes con los que se recorren otros países. En el viaje en carretera los subrayados persisten. No deja de asombrarme la vista de los volcanes, testigos cómplices. Cuando paso por Río Frío saliendo de la ciudad hacia el oriente, recuerdo aquel viaje hasta Belice, el padre de mi novio había venido de Estados Unidos con un cámper: eran los años setenta. ¿Quién tenía la oportunidad de hacer ese viaje con una motocicleta atada a la parte trasera del vehículo de segunda que compró el heredero de las Starking Apples en Misuri? El padre de mi novio cambió la riqueza y la vida de *junior* por una libertad que le permitió hacer lo que se le pegara la gana; entre ello, tener sucesivas esposas y vivir con lo esencial en el bosque de Oregon. A mí me caía bien. Me parecía un extravagante. Era todo lo contrario de mi propio padre, que tomaba decisiones más o menos razonables y que no venía de ninguna fortuna, sino que se había propuesto conseguir un bienestar para su familia. (Cuando papá pensó que era tiempo de pregonar la libertad amatoria, en realidad estaba construyendo otro compromiso. Y la cotidianidad de los compromisos ata). Nuestra primera parada de esa aventura que duraría muchos kilómetros fue en Río Frío, a menos de una hora de la ciudad, a pasar la noche. Muy cerca de ahí, pasé luego la noche en las faldas del Iztaccíhuatl. Eran los tiempos universitarios y había que hacer mediciones de las edades de los árboles en el bosque. Hacía demasiado frío para dos citadinos que no lograban menguarlo dentro de la tienda cuando cayó la madrugada; ni los *sleeping bags* adosados el uno al otro lograron producir calor en aquel iglú de *nylon*. No llevábamos cerillos para encender una fogata. Nos tuvimos que meter al coche, cuya lámina resultaba mejor parapeto, taparnos con las bolsas de dormir, tiritar y esperar a que el sol de la mañana calentara para ser personas de nuevo. A pesar de todo, la belleza del bosque en la aurora fue un espectáculo que en silencio compartimos mi compañero y yo. A bordo del auto, salto de una a otra estampa porque la memoria culebrea buscando mejor refugio que el que dejé en la casa de mis padres.

En Orizaba me esperaba la feria del libro, y el viaje continuaría tras las huellas de Rugendas, el pintor alemán, para el documental de mi pareja. El serpenteo de la carretera poco a poco alivió la zozobra e instaló el deseo de conocer esa casa donde había pernoctado el naturalista que recorrió Chile, Argentina y parte de México, acompañando a Humboldt, y luego desentendiéndose de él. Llegó a la novela de Carlos Franz, *Si me viera con tus ojos*, para junto a Darwin volver a ser visto. Los herederos conservaban la casa con el mobiliario de época: las camas de latón, los cuadros, los secreteres, el porche trasero que da a los grandes árboles donde se posan miríadas de aves que son objeto de visita por grupos. Es la ruta de aves migratorias, como mis abuelos, como mi propia fugaz estancia. Contemplamos el jardín llenarse de la algarabía y las formas de los pájaros.

La pareja nos esperaba con una cena y un anecdotario enjundioso. Al día siguiente, iríamos al lugar preciso que aparecía en uno de los cuadros de Rugendas: una cañada que los dueños de la casa conocían. Me entusiasmaba la aventura de encontrar aquel sitio, donde el pasado y el presente se tocaban. Que la noche anterior me alarmara la desmemoria de mi padre, parecía un espejismo. El miedo es una culebra que quieres ahuyentar. Tiene la piel resbalosa, y aunque la cedes a la noche cuando sales de la casa de tus padres, te va mordiendo los pies, se te enreda en ellos y te sigue. La sacudes. Pero baja del coche contigo, sisea de cuando en cuando. Yo fingía no escucharla mientras recuperaba un entusiasmo que la vejez de mis padres saboteaba.

Desde la llegada, los anfitriones advirtieron que la señal para los teléfonos era pobre, que solo llegaba a algunos sitios específicos de la casa. Me mostraron la esquina del baño donde podría hablar. Había una pequeña ventana con una cortina deshilada que miraba al verdor tierno del jardín y los árboles que lo enmarcaban. Necesitaba saber cómo estaban mis padres. Mamá oía mal, así que no me pareció buena idea llamar. Seguramente la culebra del miedo se ensañó conmigo y me aconsejó: *Mañana, despreocúpate. No news are good news.* Dejé el celular cerca de la ventana. Lo escuché lejano cuando terminaba el desayuno. Era mi hermana: *Estamos esperando la ambulancia, papá se puso mal.*

Quería volar. Que las montañas se aplanaran, que el paisaje se encogiera. Llamé. La ambulancia tardaba en llegar. Mis hermanos, desesperados. Yo lejos y el tiempo rugoso. Mi padre odiaba a los médicos y hospitales a donde iría a parar, lejos de la terraza que miraba desde el sillón, lejos de su tequila y los deportes en la tele, de la bicicleta fija que usaba durante rigurosos veinte minutos. La boca seca me recalcaba cuánta razón había tenido en temer. La carretera era interminable.

*Te extrañé mucho, güerita,* me había dicho, y yo me volví a ir.

En los primeros días de hospital, mi padre conservaba algo del humor que le permitía reírse de sí mismo. Parecía recuperarse del *shock* séptico con los antibióticos que le administraban vía intravenosa. A mí no me había tocado la espera siniestra y prolongada de una ambulancia en la Ciudad de México, solo recibir los mensajes mientras recorría el campo veracruzano. Me pesaba el lastre de la distancia, la monotonía del verde a los lados del auto, el silencio con que nos trasladábamos; cualquier comentario rompería lo que imaginaba: los camilleros cargando a mi padre; mi madre paralizada por lo que había que hacer, tal vez pendiente de sus medicamentos; mi hermana dirigiendo la acción, dando instrucciones, timoneando el barco; mi hermano al mando de la faena de descenso por las escaleras de casa, disimulando su terror. La señora que asistió a la familia por más de cincuenta años llorando sin reparo, tal vez presagiando la despedida, la última vez que vería a su patrón, como le decía, a quien había tolerado, consentido, atendido, y hasta enfrentado mientras envejecía a la par que ellos, a la par que todos. No estar en el auxilio inmediato que se requirió me hizo avergonzarme de querer preguntar después los detalles de esas horas. La carretera, cuyo paisaje aliviaba, era una distancia enemiga y un pretexto cómplice para enfrentarme a lo ineludible. Con la proximidad de la muerte, yo pensaba en evitarla, en apapacharlo, en tenerlo.

41

Los médicos dijeron que respondía bien al tratamiento y advertían, sin que les hiciéramos mucho caso, de las secuelas del daño por la sangre envenenada. Fue una mañana en que mi madre, a un costado de la cama, y yo del otro, le elevábamos el respaldo y le colocábamos una almohada que le diera más confort, cuando se quejó del calor. Bajamos las sábanas y quedaron sus piernas al descubierto. Las que yo había visto en shorts o en traje de baño en las vacaciones no eran tan cercanas y abruptas como las que ahora me enfrentaban, fuertes y desvalidas. Mamá me dijo que yo había heredado sus muslos. Fue una revelación súbita, unas líneas escapadas del guion usual. Habíamos bromeado que su primera nieta heredó su forma de pisar, que mi hermano sus pantorrillas y lo lampiño, que mi hermana sus cejas, pero jamás esta afirmación tan descarada. Entonces las miré con curiosidad anatómica. No parecían los muslos de un viejo, tenían cierta lozanía, blancos y firmes, sin las venas que recorren los míos, pero era cierto, con la misma forma. Sentí una alegría súbita, como si me fuera revelada una razón más del vínculo. Una razón que solo me competía a mí. Yo tenía los muslos de papá.

Ser hijo es también una demanda por la mirada única de los padres hacia nosotros, por la exclusividad. Después descubrí que cada uno de los hermanos tenía su propio padre y madre para sí. Fue el único de la familia en acompañarme a un juego de basquetbol en mis años universitarios, el único que reconocía mi sed de competencia, de estrategia, de que mis muslos y mi cerebro se encontraran en la cancha, donde también la violencia lograba una forma de sublimación. Ahora sé que compartíamos los motivos de nuestros muslos. Y que ser primogénita me hacía tanto hija como hijo.

Si hubiera tomado nota de las últimas dos semanas de mis padres, cuando no sabía que era el final, desde la esperanza hasta
la resignación, podría volver a ellas sin omitir detalle. Tal vez
en los meses posteriores hubiera sido fácil regresar, porque las
piedras de la memoria estarían ahí. Solo migas de pan median
entre la orfandad de padre, la de madre un año después, y
ahora que escribo. Los pájaros del tiempo las han devorado.
Y el bosque es oscuro y los peligros acechan. Recuerdo, reconozco las imprecisiones, me angustio, invento para encontrar
las huellas de las migajas en el camino.

De mi padre niño hay dos fotos: una tomada en Tapachula a los meses de nacer, donde resaltan sus cejas en forma de pico y su desnudez está protegida en una especie de mantón, seguramente de mi abuela santanderina. Es un bebé grande, parece bien alimentado. Una foto de la que él no supo las circunstancias. La otra es la primera comunión de un niño pulcro y solemne, lleva traje oscuro y sostiene con mucha seriedad una vela larga y un misal. Tampoco contó nada de ese día, no era un hombre religioso, ni jamás fue a misa, ni habló de la necesidad de tener alguna creencia. Su tradición católica lo precedía, pero había una diferencia con su hermano, que se persignaba cada vez que pasaba frente a una iglesia y que a mi hermana y a mí nos asombraba si íbamos en la parte trasera del coche pues jamás nos llevaron a misa. Nuestros padres se casaron por la Iglesia para complacer a sus madres, eso contaban. Mi mamá tenía un mayor pacto con dios, aunque desde la cama del hospital oí decir a mi padre *Dios mío* y algo que no entendí y que me llenó de miedo porque reconocía la desesperación, su botella al mar para pedir ayuda a un dios que no le respondería. Yo tampoco podía dar consuelo desde la cama contigua. Me rebasaba el dolor de mi padre que reconocía la amenaza de muerte; yo también. Y dios no existía.

La infancia de mi padre es un escaso puñado de anécdotas, un recuento repetido que quisiera seguir oyendo con detalles precisos. ¿De qué color imaginaba la bicicleta que le habían dicho que su padre le traería, pues se había ido a un largo viaje? Él lo esperaba en la estación de tren para verlo llegar con aquel regalo envidiable. ¿Y cómo fue el momento en que le dijeron que su padre no regresaría, que había muerto, que lo habían asesinado en el camino de Tapachula a Huixtla, que la bicicleta era imposible, que la voz de su padre un fantasma, que su mirada y su estatura eran esa foto última que se tomó en Sevilla, a donde viajó por razones que ya nadie sabe? Mi padre en la estación de tren. ¿Cuál? La estación Colonia, a donde me contó que fue solo, a los diez años, a ver llegar el tren cargado de los niños españoles camino a Morelia. Aquel recuento de mi padre en la estación Colonia es una fotografía tardía en mi imaginación. ¿Cuántas más se quedaron con él, adosadas a una memoria muerta? A diferencia de sus tíos y primos, con los que se avecinó su madre con cuatro hijos después de la muerte de mi abuelo, una familia más bien conservadora y franquista, mi padre tuvo amigos de ideas republicanas, se solidarizó con los refugiados, recibió a los niños pelones, él siendo un niño, y años después se enamoró de mi madre, niña de la guerra. Y sembró en sus hijos un pensamiento liberal y progresista.

Nadie tomó la foto de mi padre y su amigo cuando de niños dejaron los zapatos al cuidado del hombre que les propuso ganar unos centavos por pulir el piso de una casa. Entusiasmados, se dieron a la tarea, y cuando salieron no había hombre para la paga, ni zapatos para volver a casa. Debió de ser su primer timo, o el segundo después del engaño del retorno de su padre, y tal vez ello lo volvió desconfiado. Si confiaba en alguien, era a fondo; si no, no había manera. Le funcionó en sus negocios, con tratos de palabra, con dar la cara cuando no se podía hacer el pago de las pieles que alimentaban el taller. Así le seguían entregando sus proveedores, en un trato de caballeros que defendió como una proa para la vida. Pero cuando desconfiaba del otro era difícil bajarle la guardia, y muchas veces acertaba. Tenía un olfato para sobrevivir; de eso se había tratado su camino: de intuir, arriesgarse, edificar.

Y está el rancho de Alpuyeca, en Morelos, a donde lo invitaba un amigo a cazar conejos. Y su abuelastro, del que no supe mucho, pero en cambio nombró a mi hermano en su memoria. El bastón de cabeza de marfil labrada es la herencia que mi padre presumía. Pero ¿y sus conversaciones con el abuelo? ¿La foto de ellos juntos?

Visitaba en ocasiones a su tío, el hermano de su padre con quien había emprendido el cultivo del café, pues fue quien apoyó económicamente a la viuda en la Ciudad de México. Un día que entró a su habitación a saludarlo, este le pidió que le alcanzara la pata de palo que se calzaba para poder andar. Solitaria en una repisa, aquella pantorrilla lo impresionó. Siempre había visto la pierna mutilada cubierta con el pantalón.

A la muerte de mi padre, publiqué un artículo alusivo al padre que él fue, a pesar de ser huérfano desde los dos años. Conté de la finca y el café. Alguien que me había escrito preguntando si éramos parientes, a quien yo contesté que no tenía idea, me escribió de inmediato. *Somos familia, yo soy hijo del segundo matrimonio de Gonzalo, soy tu tío pero tengo tu edad.* Fue así que un pedazo de la historia de mi padre empezó a cobrar estatura, como si con su muerte se abriera la compuerta del pasado con más detalle. Ya no lo pude platicar con él. Uno detiene la comunicación abruptamente. Es la forma más elocuente de la ausencia. Tampoco pude contarle lo acontecido con su muerte, lo terrible que se veía embalsamado y con el maquillaje con que le inventaron de esa caricatura de rostro. Reírnos, padre, de la mueca de tu muerte.

*Nos quedamos hablando solos,* dice un amigo.

La foto que me lo devuelve estuvo siempre en casa de mis padres. Yo hice una copia y la enmarqué. Papá en saco un tanto sobrado, las entradas en la frente muy marcadas, presume una sonrisa desde el estribo del camión de cervezas. Allí está el chofer y uno de los repartidores, él fue supervisor de ruta.

Un trabajo madrugador de cuya disciplina se sentía orgulloso. Su primer trabajo formal, después de vender medias a las secretarias y despachar en una papelería. La foto me asombra no solo porque mi padre es joven y muy apuesto, y derrocha alegría, sino porque ese es el origen del padre proveedor. Es difícil comprender cómo se sofisticó su vida laboral, compartida con mi madre, hasta tener un negocio exitoso de artículos finos de piel.

En la casa de Acapantzingo se bebía cerveza Bohemia, pues él seguía siendo fiel a su antiguo empleo. No había otra marca. Mis padres y sus amigos siempre estaban detrás de un tarro dorado de cerveza fría en aquella casa que compraron y que luego supieron había sido de la escritora Josefina Vicens, la Peque. Un martes en que visité a papá en su nueva vida en Cuernavaca fuimos a reconocer la casa, y cuando la descubrimos, tocamos el timbre. Nos abrió la dueña. Explicamos que habíamos vivido allí, que si nos dejaba verla. Nos cerró la puerta sin respuesta alguna. No tuvo piedad de nuestra nostalgia, ni de un padre y una hija de edades considerables que pedían permiso para habitar su pasado. Cuando fue nuestra, yo era una niña que acudía a las fiestas del rosario de la parroquia de San Miguel con mi hermana, nos gustaba llevar flores a la virgen y cruzar el atrio de noche y tirarnos en la alberca de riñón con los hijos de los amigos de mis padres, a quienes seguimos llamando primos. Jugábamos a la escuelita con las niñas de la casa de enfrente que criaban puercos y cuya madre cosió los uniformes con la tela de manta rosa que llevamos de México. La felicidad se respiraba en toques de bossa nova y azul alberca, el mundo de adentro era una burbuja que contrastaba con la vida del barrio.

Mi padre y yo a la puerta de la casa que fue nuestra éramos una frontera descolocada, sin pasaporte para entrar en la intimidad de otra vida. La vecina tuvo razón, tal vez yo hubiera hecho lo mismo: cerrar la puerta en las narices de dos extraños. Decidimos comer en el restaurante de al lado en que se había transformado la casa gemela. Elegimos la parte del jardín para contemplar la barda que colindaba con el que fuera nuestro para adivinar los platanares y el zapote, el hule; para que mi padre me contara de nuevo del tlacuache que se asomaba por los ventanales, atraído por las gallinas del predio contiguo. Nos reímos con su miedo y nos instalamos en familia de nuevo, los dos a salvo de la marginación que él había elegido. Lo tuve un rato para mí, sin tener que dar cuenta a nadie de ello. No contaría a mi madre que lo había visitado, mucho menos que evocamos al tlacuache y los camastros de la alberca, y la borrachera de Juan García Ponce, a quien vimos vomitar en el apantle que corría por la calle. Alguien dijo que había perdido hasta los dientes. Era antes de su enfermedad, cuando estaba casado con Meche y los pequeños eran parte de la visita. Entonces los niños no sabíamos que aquel hombre de pelo abundante y oscuro era un escritor notable.

Debí pedir que nos tomaran una foto a mi padre y a mí, como hacemos ahora. El gozo cómplice es difícil de apresar.

Pocas veces tomo el Periférico desde el oriente de la ciudad, donde doy clases. Era la mejor ruta hacia el hospital. ¿No debería suspenderse toda obligación ajena cuando alguien de nuestra familia está grave? ¿O enloqueceríamos sin vías de escape, sin capacidad de decisión cuando se requiera? Llovía. Junio sigue siendo mes de lluvia en la Ciudad de México a pesar del cambio climático. La zona arbolada del sur convoca tormentas y trombas. Iba con el tiempo justo para el relevo. La llovizna se transformó en aguacero, intempestivo y helado en aquel preludio del verano. A punto de desviarme en la salida, el agua se transformó en granizo rabioso; la cortina de hielo me cegaba. Quería detenerme porque no veía nada al frente ni a los lados, imposible en una vía rápida. Así que me fui a tientas, intentaba descifrar los letreros para pasar del carril central al derecho. Cuando reconocí el sitio donde me hallaba, más que mi pericia o la agudeza de mi vista, fue la suerte la que me protegió para salir a la lateral y luego virar a la izquierda. La calle era un tapete blanco inesperado y bello. Llegué a pensar que mientras mi padre se recuperaba en un cuarto de hospital yo me accidentaba yendo a su encuentro. Aquel verterse súbito del cielo en cubitos de hielo había vuelto a una espolvoreada ligera. La visibilidad mejoraba. El tránsito lento me apagó el miedo de a poco, y me dio la urgencia de compartir mi zozobra. Quería contarle sobre la ciudad nuestra, que

51

de un momento a otro nos amenaza; quería convidarle mi tormenta. Aquel granizo y la desesperación por encontrar la salida mientras conducía rumbo a él, era la misma sensación que me producía verlo yaciente. Aunque decían que mejoraba, mi padre era cada vez menos él.

Le di un beso y tomé la mano libre de los aguijoneos del suero. Solía tenerlas siempre tibias y acunar las mías destempladas en las suyas. Pero su mano estaba helada.

—No sabes la granizada. No se veía nada —le dije al llegar.

—Qué bueno que ya estás aquí.

Tenía razón. Era tan bueno estar a su lado.

Una familia implica un espacio compartido, un «hacer piña», como mi padre decía cuando la unión y el respaldo de unos a otros era un llamado para salir de algún atolladero, para lograr algo. Su propio tío Gonzalo y su padre hicieron piña cuando el primero escribió desde Tapachula para que sus dos hermanos lo alcanzaran, que vinieran a hacer la América, como él ya lo estaba haciendo con su juventud, su sagacidad y su pierna de palo. Hicieron piña cuando mi abuelo fue a repartir la raya a los trabajadores de El Chorro, función administrativa que correspondía a Gonzalo, pues él se encargaba de la producción. Pero tenía paludismo y ya habían pasado dos semanas. Así que el trayecto fatídico a caballo le tocó a Miguel, la emboscada y la muerte.

No sé de quién aprendió mi padre esa expresión, pero cada vez decía con más frecuencia aquello de hacer piña cuando era necesario cerrar filas: apoyar económicamente a quien le hiciera falta, pensar qué tenía uno que le faltaba al otro, hacer un viaje en familia como en los últimos años y subsanar las posibilidades de estar juntos, *tú pones esto y yo pongo esto*. Quizás esa condición de frutas que forman una sola penca, ese estar juntos en la mesa, reunidos en un coche, con la unidad de la pareja presidiendo las visitas en sus casas, volvió preciosos los momentos a solas con mi padre.

Las noches de hospital con ese continuo desliz de zapatos de goma y luz discreta para tomar la presión, la temperatura, verificar el flujo de los medicamentos desde el envase plástico al cuerpo necesitado de mi padre fueron también tiempo a solas, tiempos nuestros. Mi padre fue solo mío en aquel partido de basquetbol en la cancha universitaria desde cuyas gradas me acompañó; lo supe cómplice y testigo de ese juego rápido, violento a veces, y que él, a pesar de su altura, nunca había practicado. A él le gustaron el futbol y el box.

Vi a mi padre a solas, contraviniendo tal vez el sentir de mi madre, aunque nunca se lo reclamó, cuando estuvieron separados y vivió en Cuernavaca. Pudiendo él venir a la ciudad, escogió que fuera el día que estaba solo en esa casa compartida. Yo no deseaba mirar su otra vida de cerca, pero él quería que reconociera su escenario. Así que fuimos mi hija menor y yo, cruzamos el jardín, atisbamos la pequeña alberca que luego mi pequeña probaría y entramos al espacio ajeno en que viven dos que no son tu padre y tu madre.

Me mostró cada trozo de la casa, la terraza bajo el alero donde estaba el sillón que había sido mío y que él vistió de tapiz negro; al subir las escaleras había un cuadro de mi madre, aquel de las hormigas en tonos marrones a lo Miró que hizo para algún escaparate (es probable que aún no lo haya dicho, pero mi madre montaba con gran originalidad las vitrinas de las tiendas que tenían). Y más arriba, en el vestíbulo que daba a las recámaras, había otro, y en una de las recámaras alguno más. Dijo que nos podíamos quedar cuando quisiéramos, que había sitio de sobra, pero él y yo sabíamos que eso no sucedería. Mi hija, a su corta edad, también lo sabía mientras miraba perpleja los cuadros de su abuela en la casa de mi padre y de su pasajera mujer. Entonces no se podía aplicar el adjetivo, no sabíamos que volvería al lado de mamá. Yo solo estaba cierta de que no quería perder a papá, a pesar de que olvidara mi cumpleaños y la presentación de mi libro.

Lo necesitaba sin juzgarlo. Era mi padre.

Mi madre dibujó a mi padre leyendo el periódico; el año, 1957, y su firma aparecen en la esquina. Está en el sillón de respaldo alto de la casa en la colonia Roma, una pierna cruzada sobre la otra y el papelón abierto detenido por sus manos, delgadas para su corpulencia, como si se parapetara en la lectura que solo deja ver, en el extremo superior, la frente y las entradas que lo distinguen. Lleva pantalón de vestir y mocasines. Está concentrado mientras mamá, en una libreta pequeña, traza a lápiz algo más que su intención lectora. Mi padre se asoma al mundo desde el sillón de casa. Detrás de ese gesto sigue la conversación. Papá pasará la hoja del *Excélsior* (el año del dibujo coincide con el periódico que llegaba a casa), descubrirá su rostro y comentará algo: la columna de Ibargüengoitia, el cartón de Abel Quezada, la caída del Ángel por el temblor o la muerte de Pedro Infante. Detrás de esa imagen que mamá nos dejó y que siempre tuvimos a la vista en la casa común, falta solo un instante para que papá descanse los brazos y vuelva a mi madre que ha dejado la libreta a un lado, a sus hijas que bailan twist colocando por tercera vez el disco de los Hooligans en la consola de la sala. Aún no ha nacido mi hermano, que llegará a la familia cinco años antes de que Armstrong ponga un pie en la Luna, cuando estemos en la casa nueva de Coyoacán, cuando inauguremos las sobremesas con libros sobre pintores, cuando reconozcamos que la postura de papá se mantiene en el tiempo, que aunque el pelo encanezca y lea con la bata puesta seguirán las entradas en la frente, la pierna cruzada, y un perderse y volver desde el mundo de papel para conversar con los que estemos, con mamá que lo oye mal al final de la vida, con mi hermano de visita o con alguna de nosotras. El dibujo es una forma de espiarlo y reconocerlo. El dibujo lo escribe.

En las noches de papá en el hospital, yo regresaba a casa después de un turno largo, y la única manera de barrer las imágenes del hombre que me narraba el mundo, ahora desvencijado sobre una cama, a merced de los tubos que entre alimentos, hidratación y medicamentos lo esclavizaban en un ruin tránsito hacia la muerte, era escuchar música relajante en mi celular. Melodías insulsas, ambientales. Necesitaba que volviera el hombre con quien podía compartir dudas y decisiones, el de los exabruptos que después se disculpaba. Las notas me llevaban al rumor de olas embarrado sobre la arena, como si fuera la página de *Excélsior* que siempre lee mi padre en el dibujo que sale del lápiz y la mirada de mi madre.

Mi hija mayor derivaba un gran placer de ver a sus abuelos desayunar en pijama y bata cuando compartíamos vacaciones o se quedaba en su casa a dormir. Ese ritual de la continuidad —despertarse a la misma hora, desayunar papaya y huevo tibio, pan tostado, café mientras pudieron, té al final— le daba certeza. La bata era una prenda básica en casa de mis padres, mamá le regaló una a papá para su último cumpleaños. La escogimos juntas en su paseo favorito: El Palacio de Hierro. Yo tengo la última bata que se compró mamá, la que sustituyó a una color turquesa de felpa muy gastada pero que la mantenía calientita. Hicimos dos viajes privilegiados a Europa, muy cerca del final de la vida de mis padres, que compartimos casi toda la familia. El mejor momento era el del desayuno, antes de turnarnos el baño, preparándonos para salir al paseo. A esa hora mis padres lucían sus batas.

Cuando mamá encontró aquel convoy en una tienda de antigüedades supo que tenía uno de los regalos más atinados en su larga vida de pareja. Mi padre recordaba el portador de aceite y vinagre, sal y pimienta en su mesa de familia. Mejoraba cualquier alimento, era un aditamento para aderezar, y eso le gustaba. Nos atamos a objetos que van más allá de su forma y utilidad. El convoy era bienestar, era su propia madre. Mamá había encontrado uno antiguo con frascos de cristal cortado que ahora respira en mi casa. El convoy, las batas.

Avanzo reptando en la memoria, a ratos contenta de estar con ellos sostenida por las palabras, a ratos dolida por revivir esos días de cama de hospital. Al final de sus vidas vivieron con rutinas sencillas y caseras. Del desayuno en bata seguía el ejercicio de mi padre en la bicicleta fija en que subía y bajaba los brazos para aumentar el esfuerzo. Se sentía muy bien con él, por esa pequeña atención a su cuerpo. Después el sillón y las noticias del periódico, luego el baño y la televisión. Por fin el aperitivo en la terraza, aunque le costara trabajo subir la escalera de caracol, y más tarde la hora impostergable de la comida, en que también le costaba el descenso. Mi madre se devanaba la cabeza diseñando los menús de la comida. Decía que no había algo que odiara más. Quería dejar de pensar en esa tiranía. Preguntaba por otros platillos, pedía ideas de combinaciones. Había apuntado en una libreta, con letras muy grandes que eran las que podía leer, listas de sopas, platos fuertes y postres para barajear los menús intentando no repetirlos y ajustándose al presupuesto que mi padre le designaba. Para final del mes era raquítico; pero ella, sabiendo qué problemático era plantear el *no alcanza* con mi padre, le pedía prestado a la trabajadora de casa, de los ahorros de su sueldo. Así, en cuanto llegaba la mesada producto de la renta de los locales, ella salvaba el hueco y avanzaba hacia el final del mes con el mismo resultado. Supongo que fue la austeridad con la que creció mi padre la que asomaba en su administración doméstica.

Las batas mañaneras que daban gusto a mi hija me hacen pensar en la vejez. Con ellas zarpaban mis padres a las rutinas cotidianas que celaban y la necesidad de no violentarlas. Mi madre se ponía muy nerviosa si se retrasaba para llegar a comer con mi padre a la hora exacta; aunque después de la muerte de mi padre, y estando en su tienda favorita de paseo, vio el reloj, era la hora. Sonrió aliviada.

Las rutinas son el arco entre el aseo al despertar y la preparación para ir a dormir. Y sin embargo añoramos la ruptura, la sorpresa, la visita de alguien, el plan del sábado que no existirá, la perspectiva de un viaje que es incierto. Las comidas en familia, los festejos, las visitas eran el oasis que los días de mis padres reclamaban. Entonces papá olvidaba el horario de comida, extendía el preámbulo del aperitivo y la botana, hasta que mi madre desesperada llamaba: *La sopa se enfría.* La rigidez del horario y romperlo producía ese equilibrio entre lo que contiene y lo que libera los días. Así se pautaron los de esos últimos años, donde las salidas y los planes dependían de nosotros, los hijos y los nietos. Los días aciagos me envejecen; de haberlos paladeado antes de la muerte de mis padres, habría roto con más frecuencia la indolente repetición de los suyos.

Mientras lo llevaba en mi auto al banco, mi padre me confesó que extrañaba manejar. El Peugeot 307 negro fue su último coche hasta los 85 años. Se convenció de que no era prudente tenerlo cuando su carácter irascible fue enfrentamiento y riesgo con otros conductores. Aquel había sido su último bastión de libertad y autosuficiencia. De llevarse a sí mismo para aquí y para allá. Podía cobrar la renta en la propiedad de la Zona Rosa que había pasado de un flamante negocio a una de esas tiendas abiertas las veinticuatro horas y en la parte superior un gimnasio de dudosa reputación. O mirar las calles, visitar a sus hijos, ir al dominó con sus amigos. Le gustaban los automóviles, ninguno como el Mercedes verde botella, de esos cuadrados, que fue su vehículo tantos años. Hace poco se filtró en mis sueños. Era la casa de Coyoacán, donde mis padres vivieron treinta años. En la que fue una terraza sobre el garaje, construyeron un estudio para que mi hermana pintara y yo escribiera; después se volvió el espacio de mi hermano. Pero en el sueño yo entraba por aquel portón que el arquitecto trajo desde una casona de Oaxaca. Había una fila de autos, y entre ellos el Mercedes de mi padre, aunque blanco refrigerador y con interiores rojos. Yo miraba a mi madre cuestionándola sobre la presencia de aquel coche, supongo que dando por un hecho que mi padre ya no vivía, entonces miraba a la ventana del estudio y él, sentado en mi escritorio con lentes oscuros y su pijama clásico de rayas azul cielo me sonreía y agitaba la mano. Yo devolvía el saludo, feliz de verlo. Parecía estar escribiendo. Le decía a mamá, sorprendida, que mi padre estaba en la ventana, pero como cliché de película de horror, cuando ella miraba hacia arriba solo se veía el reflejo del sol en el vidrio. De nuevo yo lo veía. Su sonrisa me daba tanta paz.

El sueño me devolvió la cotidianidad de una vida que ya no existía. Me desperté roída por la ausencia, deseosa de ellos, con ansias por habitar la tibieza de esas comidas de terraza frente al jardín que se esmeraban en cuidar. La casa de Coyoacán. Cuando la vendieron, yo fui la última en recoger lo que aún quedaba de mí en esa casa: el equipo de acampar, las mochilas y la tienda de campaña. Mi madre los había puesto cerca de la entrada y me había urgido a ir por ello. La casa ya estaba vendida. Entrar y recorrer los espacios vacíos del que fue el escenario de familia por treinta años me desgajó. Contemplé a solas las ruinas de nuestra dicha donde las niñas que fuimos jugaron, conocieron al hermano menor, fumaron en la azotea, hicieron fiestas, besaron a sus novios escondidas tras el biombo, bailaron con las amigas las coreografías setenteras en la sala, vivieron cada domingo la visita de los amigos de los padres: escritores, lectores, arquitectos, melómanos, que esparcían el gozo y que ya casi despoblaron mi mundo. Con ellos compartíamos el festejo de Navidad los 25 de diciembre, ya siendo adultos los hijos y después de trabajar hasta tarde la víspera en las tiendas de la familia, cuando se abría el arcón de los bombines con lentejuelas y los bastones para bailar *Chorus Line* con el cuerpo aceitado de burbujas champañeras. Las huellas de los cuadros en los muros, los círculos de las patas de las camas sobre la duela. Una casa desvestida, desnuda de voces y objetos y tiempo. Desdibujada la coreografía de la felicidad. Un hueco imposible que me apergolló. La lloré desplomada sobre el pasto en el jardín, era un muerto mío. Una casa podía ser tanto. Tardé años en pasar frente a ella, encarar la fachada y presumir a mis hijas los años que fueron míos en esa casa cómplice.

Entonces se mudaron a la planta alta del local que era de ellos en San Ángel, ante cualquier remembranza de la antigua casa mi padre argüía que no la extrañaba. Ya sin coche, salía a caminar con su bastón por la acera. Un día regresó muy pronto y muy preocupado pues tenía dolores en los pies que no lo dejaban avanzar. Su alivio fue grande cuando, al quitarse los mocasines, descubrió los calcetines del día anterior apretujados en la punta. La anécdota nos hizo reír. Caminar era aún su forma de controlar el traslado. Caminar le era tan importante como manejar el auto.

Al segundo día del hospital, mi padre pidió al médico que lo atendía que por favor lo colocaran en una silla de ruedas y le dieran una vuelta por los pasillos. En su estado era una petición complicada, pues estaba atado a sustancias que lo rescataban del *shock* séptico. El médico le dijo que no se podía, que lo sentía mucho, que más adelante. Fue amable, pero mi padre insistió con un inusual tono de súplica: *Por favor, solo una vuelta, se lo prometo.* Era un niño pequeño encaprichado con su deseo. *Se lo prometo,* insistió ante la negativa del doctor. Yo intervine: *Papá, no se puede.* Me desoyó: *Llámenle a mi doctor, él me dará permiso.* La angustia que me producía su reclamo, y la desesperación por que acatara los designios médicos me hicieron hablarle más fuerte. Cuando el médico en turno se fue, se quedó muy callado. Conforme pasaron los días de hospital donde acabó su vida, conforme han pasado los meses y los años, me rebelo contra mi sordera dócil y contra la insensibilidad médica y mía ante un reclamo tan sencillo y humano. Moverse. Si ya no podría caminar, como ya no lo hizo, ni siquiera incorporarse de la cama porque perdió la autonomía del torso, ¿por qué no haberle dado ese gusto, ese paseo en silla de ruedas, en carriola por el parque de su circunstancia? Solo pedía un auxiliar ortopédico. Estaba atrapado.

En ese momento ninguna petición era insensata. A los enfermos ancianos ni siquiera se les da trato de condenados a muerte. Papá ya había renunciado a la autosuficiencia en la movilidad cuando vendió el último coche de la casa, solo quería un pobre remedo de la libertad. Y yo llamándolo al orden.

Era su último deseo y no se le cumplió.

Miguel Delibes tituló su novela acerca de un viudo viejo *La hoja roja,* en alusión al papelito que aparece cuando queda el último puro en la caja. Si mamá tuvo su anuncio de próxima muerte el año que le dio neumonía y que murió papá, él vio *la hoja roja* tres años antes, cuando yo estaba en una residencia a una hora y media de tren de la ciudad de Nueva York, en la mítica Saratoga del cuento de Sherwood Anderson que atesoro: «Quiero saber por qué». La residencia de Yaddo era especial, los escritores estadounidenses suelen acudir a estos espacios de concentración para escribir becados. Ahí estuvieron John Cheever, Patricia Highsmith, Katherine Anne Porter, Carson McCullers, por nombrar solo algunos de los autores que me apasionan y que pasaron tiempo buscando palabras, historias, caminando por el bosque, intentando dormir, fumando, bebiendo, charlando entre ellos. En medio de esa placidez boscosa, me avisó mi hermana desde Acapulco que mi padre se había deshidratado. Su angustia fue mucha cuando mi padre se desvencijó y estaba confuso en la habitación que ocupaba con mi madre. Tuvieron que llevarlo montaña arriba de aquella casa de la zona dorada de los cincuenta en que el acceso a los cuartos era por funicular. Sus palabras entraron como bisturí en mis oídos. Temí por su vida y pensé en que tendría que renunciar al privilegio de estar en el lugar donde recibía la llamada aquella mañana.

Quise que la gravedad fuera una interpretación de mi hermana, y hablé con el doctor de mi padre. *Sugiero que te regreses*, dijo. Salí del espacio contiguo a la biblioteca, que era el único con buena señal para llamar. Por fortuna no había internet en ninguna otra parte de aquellas dos grandes casas del siglo XIX que los dueños habían destinado para la confluencia de creadores. Atravesé la zona de árboles con pesar, por el lugar del que me iría y por mi padre grave.

Expliqué mi caso en la oficina, donde siempre te advierten que de ser admitido y rechazar el espacio, nunca más podrás solicitarlo. Del otro lado del escritorio, la responsable del lugar fue muy comprensiva, incluso me compartió una anécdota personal de cómo había llegado tarde a la muerte de su padre. Es cierto que yo era la impuntual, pero no me perdonaría llegar a destiempo para darle un beso, decirle algo. (Cuando la muerte fue real yo fabriqué el destiempo con aquella absurda pelea antes de su muerte).

*Tu lugar de todos modos está reservado para ti este mes*, me dijo la administradora para que atendiera lo que era urgente.

Conseguí boleto de avión, empaqué deprisa con la cabeza en lo que sería un hospital del centro de Acapulco. Tomé el tren a Nueva York, hice la larga fila de ingreso a las salas de embarque y ahí, sobre nuestras cabezas, la televisión encendida mostró el rostro de Gabriel García Márquez. Anunciaban su muerte ese abril de 2014. Tuve tiempo de mirarlo con aquel pelo espeso rizado y oscuro que se entreveró de canas en la secuencia de fotos de su vida. En su cabellera y su sonrisa había un vigor como el de su escritura. Me dio tristeza, una tristeza que hacía eco con mi zozobra: mi padre. Pensé en la primera edición de *Cien años de soledad* dedicada a los amigos de mis padres: María Luisa Elío y Jomí García Ascot, y de puño y letra la firma de Gabo para ellos. Sé que su hijo Rodrigo acaba de publicar un libro sobre el final de su padre. La escritura tiene su tiempo, no puede ser inmediata a la pérdida, pero tampoco muy lejana. Quisiera contarle a Rodrigo que mientras yo iba a lo que pensaba que sería la muerte de mi padre supe con dolor de la muerte del suyo, padre literario de una generación, piedra de toque de un momento latinoamericano. Gabo era mapa. Sería siempre carta de identidad, carnaval del español.

Una vez instalado en su casa en la Ciudad de México con la enfermera que lo asistiría hasta su real muerte tres años después, papá me dijo: *¿Qué no piensas regresarte al sitio donde estabas escribiendo?* Cuando abandoné la carrera científica por la escritura, él había insistido en becarme un año. *Solo preocúpate por escribir.* Pero yo ya vivía sola, me parecía vergonzoso depender de mis padres. La mirada fue corta entonces. No entendí que era su privilegio allanarme el camino. Miré el calendario, me quedaban diez días en Yaddo. Esta vez le tomé la palabra, aunque mi hermana y yo nos dejamos de hablar por un tiempo. Llámenme egoísta. Regresé con el júbilo de aún tener a mi padre y deseosa de aprovechar cada minuto en esa buhardilla mirando al verde donde escribía.

Al bajar del taxi que me llevó de la estación del tren en Saratoga a la entrada de la casa en Yaddo, el encargado de mantenimiento que me había ayudado con mis maletas cuando me fui, volvió a ayudarme con ellas escaleras arriba, madera crujiendo, cuarto blanco abriéndose como un corazón paciente. Una vez que las colocó en mi habitación, me dio el pésame.

—Lo siento mucho.

—No, mi padre está bien. Por eso regresé.

—Es que lo vi en televisión —me dijo.

Entonces comprendí y sonreí por haber sido considerada la hija de García Márquez y porque no serlo me permitió disfrutar de mi padre unos años más.

Amanecí en el hospital. Le había dicho buenos días mirando su cabeza de pelo delgado y canoso, un tanto despeinado, sobre la almohada. ¿Sería el día tres? Debe de ser, porque aún no sentía el cansancio que se fue acumulando en el cuerpo hasta derribarme. Quien se quedaba de noche normalmente se iba a dormir cuando llegaba alguien más de la familia, hasta que en la segunda semana optamos porque se quedara su enfermera particular en la noche y nosotros tener energía para sus horas de vigilia. *Voy por un café, papá.* Mamá añadiría *vete a desayunar, estoy bien.* Las madres siempre preocupadas por el alimento. Papá no necesitaba tantas palabras ni yo tanta explicación. Así que avisé a las enfermeras que le colocaban el termómetro, le medían el oxígeno y luego la presión, que se quedaría solo, para que estuvieran atentas.

Un *flat white*, por suerte habían inventado esa especie de café con leche cargado. Puertas afuera del hospital ya el mundo parecía otro. Jalaba el aire de la mañana como si sacudiera la vida hospitalaria, aliviada de ver gente que va y viene en el holgado *lobby*, espera el coche, se desplaza por los caminos ajardinados. Quería tomar el aire fresco y mirar el cielo sin intermediación de vidrios, tardarme y no volver de prisa. Era irresponsable atender mi necesidad cafeínica antes de que alguien estuviera al lado de mi padre. En los hospitales, el paciente es uno de tantos, y asistirlo depende de que toque el timbre, si es que puede, y de que alce la voz, si lo logra, y de que alguien vaya a tiempo, así que volví con la taza de cartón en la mano. Cuando regresé a su cuarto lo estaban aseando y podía tomarme el café en la salita recibidor con la televisión encendida en las noticias. No es que me quisiera enterar de nada, pero necesitaba salir del discurso médico, de *la infección cede*, de *es delirium hospitalario,* como llamaron a su necedad de que le trajeran la silla de ruedas para dar un paseo de pasillo.

Caminé a la sala de estar con mi café caliente, confortada por poder tomármelo a gusto. Me entretuve en el pasillo dilucidando quiénes habitaban cada cuarto, las edades —por seguridad ya no llevan nombres—, los señalamientos de las precauciones que se debían tener, las alergias a las que había que estar atento. Cuántos cuerpos y cabezas se apoyaban en colchones y almohadas, cuántos familiares se tapaban con la cobija extra, manoseaban el sillón de tapiz azul labrado. Cuántos enfermos con cuántas dolencias, cuántos con cuántas visitas, cuántos con cuántos humores del cuerpo, y los muertos que se quedaban allí, con la cabeza inerte soltando su aroma último, cediendo su tibieza para siempre a las telas y al colchón, hasta que disponían de ellos.

De noche, mi padre llamaba a mi madre, como si soltara bengalas de salvación. Pedía sus cuidados, su compañía. Y lo que había era una hija regañona que le ordenaba hacer caso a los médicos. Me había convertido en todo menos su cómplice, en cambio mi madre venía de día con su tanque de oxígeno portátil, con su arreglo atinado de mujer mayor y lo confortaba. Mi padre quería su fortaleza, su mano tibia y su *no pasa nada, Bicho, aquí estoy,* a pesar de lo que se podían maltratar el uno al otro en esa vejez compartida casa adentro entre un hombre que caminaba muy poco y una mujer que oía muy mal. Era a mi madre a quien llamaba en un susurro y yo me conmovía sin saber qué hacer, con la cara hundida en la almohada que me daba un poco de asco. Papá se había burlado de mí, *tan tiquismiquis para unas cosas y tan ahí se va para otras.*

El calor del café y la voz en la televisión me arrullaban en la sala de espera. Percibí un movimiento inusual de enfermeras y camilleros. Me asomé más por curiosidad que como una alerta que me implicara. Se dirigían al fondo del pasillo; al cuarto de mi padre. Entré sin que me atajaran, hasta el pie de la cama. *¿Qué pasa?* Bajo las piernas desnudas de mi padre, alzadas como cuando le cambiaban el pañal, o le acercaban el cómodo, en el doblez justo de la parte elevada de la cama y el resto del colchón, un charco de sangre impúdico me daba la respuesta.

*Su padre tiene úlcera,* respondió el doctor al mando, a quien yo no conocía y que llamaron cuando aseaban a mi padre y yo bebía el café, malentendiendo las noticias del mundo. La sangre era fresca, de un rojo borgoña sobre el blanco de la sábana, como los vinos que le gustaban a mi padre, el Carmelo Rodero, el Pesquera. Rojo vivo, rojo vida, pero mal colocada. No supe de qué asirme. Papá tenía los ojos abiertos como si no tuviera noción de lo que ocurría cintura abajo. ¿Me dijo algo? Lo llevaron de prisa hacia el elevador, como a un niño desvalido, en aquella cama rodante. Bajé en el elevador contiguo. Tenían que engrapar la úlcera reventada, lo harían por endoscopía. Con respuestas corteses el doctor intentaba mitigar su apuro y mi terror. Cerraron las puertas del área de quirófanos y yo me quedé de pie mirándolas, inútil, aturdida, sin siquiera haberle dado la mano a mi padre, más confundida que atenta a su propio miedo. Me senté vencida en un sillón sobre el sudor tenso de las esperas. Uno no puede cargar a solas a su padre. No mucho tiempo, no si hay otros. Y no quería alarmar a mamá. Era temprano, pero llamé y le conté a mi hermana, intenté envolver de calma lo que había ocurrido y di falsa certeza citando las palabras del doctor: *era sencillo pero urgente.* Colgué. Imaginé a mi hermana transmitiendo a mi madre la necesidad de apurarse para llegar al hospital a la brevedad. Temí por lo que podrían encontrarse cuando regresaran. Pero le creí al doctor, engraparían el agujero simplemente. Mi padre no moriría. Quería borrar la imagen del charco, lo que huía del cuerpo de mi padre, abandonándolo. Había visto la sangre de mi padre, no aquella gota que salía todos los días de su pulgar cuando la enfermera le medía el azúcar. Un pinchazo que él había aceptado como una rutina preventiva. Esa cantidad despotricada era una advertencia brutal de que su cuerpo se deshacía. Una laguna rojo sangre, como fue el último estallido en su boca.

De la adolescencia de mi padre sabemos poco: que jugaba futbol en la calle con sus primos, algunos vecinos, que hizo un amigo que era hijo del representante comercial de la República española en México, que vivía en la calle de Hamburgo. Un día lo invitó a cenar a su casa y se sorprendió de las vajillas, los cubiertos, los rituales de mesa y de la conversación sobre aquel momento de la Segunda República, escuchó música clásica y conoció la biblioteca del padre de Pepe, y entonces tuvo sed por el arte; en la sobremesa comulgó con las ideas progresistas y reconoció que había dos Españas, la de su procedencia, viva entre sus tíos y primos, y la que estaba en el poder, desvestida de catolicismo e ideas cortas. Le gustó ese horizonte. Su más cercano era su primo Raúl, mi padrino, refugiado de guerra, y luego conoció a las chicas de la Academia Hispano-Mexicana y a los amigos de la vida. Los amigos de la pareja que serían mis padres, la madrileña de la calle de Marsella y el mexicano, hijo de inmigrantes santanderinos al Soconusco.

De su amigo Pepe nos compartía el boquete de su ausencia. Le fascinaba volar y se mató en una avioneta. ¿Dónde? Otra vez me pregunto quién le avisó a mi padre. Me faltan los datos de aquella muerte que lo descobijó hasta los huesos. Tal vez por eso tenía vértigo en las alturas. Fue su primera gran pérdida, después de su padre, de quien solo tenía la foto entre las matas de café y la de la plaza sevillana para construir el recuerdo. A los dos años, un padre es el rumor de los hermanos mayores, son las palabras con que los demás lo describen, es el silencio y el cambio de vida. Sin Pepe perdió una complicidad para mirar un mundo más ancho (mi padre era curioso), una manera de desmarcarse de su propia familia y dejar de persignarse y empezar a leer. Cursó hasta tercero de secundaria, pero aprendió inglés no sé cómo, y leía a Hemingway y tenía una máquina de escribir. Me enseñó la libertad de elegir camino sin que mi condición de mujer impusiera restricciones. Con mi madre no podía ser ese librepensador, aunque lo intentaba. Era la época en que las mujeres casadas debían añadirse el apellido del esposo con la preposición «de» en sus papeles oficiales. En mi tiempo, y con la pareja que yo había elegido, nada de eso tenía sentido. Mi padre preguntaba si a mi marido no le importaba que no usara su apellido.

A la muerte de nuestros queridos, perdemos algo. No solo a ellos. Una parte queda sepultada para siempre con el otro. Y la memoria que el recuento o la escritura rescatan no es suficiente. El joven que estaba siendo mi padre a la vera de nuevas inquietudes con su amigo el piloto debió quedar en los terrones aventados sobre el féretro, algo que no le era posible nombrar a él ni a mí alcanzar. Su muerte lo condenaba a ser un gambusino solitario. Desconozco los días pardos de su tristeza.

El temor a la muerte de mi padre era un duelo anticipado por lo que de mí se incineraría cuando él no estuviera.

Allí está como un animal disecado en un cajón. El metal helado que no he querido revivir desde que me la traje a casa. La computadora portátil de mi padre, un armatoste que ya era lento y antiguo y que no renovó. Había aprendido a usarla como máquina de escribir. No tengo idea de lo que guarda, pero seguramente están sus poemas. Esa manera en que se había propuesto a sí mismo recorrer su vida. ¿Por qué no he conectado la computadora ni entonces ni ahora? ¿Por qué no he querido resucitar la memoria de su memoria? Será el pudor —o la pereza— de leer lo que no me importa. ¿Será el temor de hurgar en los sentimientos de mi padre, del imperfecto, del hombre? ¿Por qué no le he dado respiración artificial a esa lápida metálica que me podría devolver una conversación inacabada? Yace en el cajón como un museo mudo, cofre de infidencias, de cuentas por pagar, de verdades por conocer. Y yo, poseedora de la documentación de la familia, le he dado la espalda. La he abandonado, insolente. Como cuando no quise que me leyera sus poemas en tiempos de separación de mi madre, hija de oídos tacaños no dispuestos a un corazón muerto, a un latido inexistente. Me reprocho mi indolencia, ¿cuánto tiempo permanece la memoria digital? ¿Hasta cuándo tengo para remontar mi cobardía, despejar las claves y entrar en el mundo de palabras de mi padre, en el torrente de sus emociones y titubeos?

Rezuma el animal metálico su olvido, la indiferencia de quienes ya no pasamos las manos por la tapa, y al abrirla acariciamos los botones de un alfabeto secreto y personal. Lo acompañó fiel hasta los meses anteriores a su muerte, cuando se desinteresó por el golf virtual que le permitía el aparato, o en soñar pisos en Madrid o a la orilla del mar, donde le hubiera gustado vivir. La computadora le devolvía la ilusión juvenil de inventar un futuro.

¿Quién soy yo para poseerla y silenciarla? La intimidad de los otros no es nuestra nunca, y mucho me temo que descubrirlo en palabras me desasee, o tal vez me provoque una ternura inmensa que ya no puedo prodigarle, ni en abrazo, ni apretando su mano, ni sirviéndole un tequila, ni escuchándolo, ni simplemente estando a su lado como si el mundo fuera un barco y los dos eternos pasajeros que, de cuando en cuando, nos encontramos en cubierta para confabular planes, atrapar recuerdos, ordenar finanzas y comentar el rumbo que nos mantiene expectantes. No, el barco ha encallado, y la Dell es la caja negra que no quiero revisar. Temo al naufragio dentro del naufragio.

Una vez entraron a asaltar a la tienda de mis padres en pleno día. Los dos tipos que los amenazaron con pistola decidieron que la mejor manera de cargar con chamarras, portafolios, bolsas, lo que había en la caja registradora y lo que buscaron en los cajones del escritorio de mi padre, era teniéndolos bajo control en el baño cerrado por fuera. Un espacio reducido para las dos dependientas, el mozo, mi tío —que se encargaba del taller—, la sobrina que estaba de visita ese día y mi padre. Desde afuera los insultaban, que se callaran, *pendejos*, que no hablaran, *cabrones*, que dónde estaba el dinero. Imagino sus silencios, las respiraciones sofocadas, el pudor de estar tan apretados, tan cara con cara, los sudores compartidos, el olor ácido del miedo. El pensamiento de todos fijo en lo que no debería suceder: que alguien del taller que estaba en la parte alta bajara a la tienda y quizás los asaltantes desconcertados le dispararan, y entonces los otros trabajadores que con la música del radio acompañaban el suaje de la piel, el engomado con Resistol 5000, el siseo de la máquina de coser, se espantaran y llamaran a la policía o bajaran en tropel y los asaltantes tomaran a los cinco del baño como rehenes y aquello se volviera una carnicería.

Intentaban descifrar las voces, lo que hablaban entre ellos mientras los amedrentaban de cuando en cuando tras la puerta del baño a punta de *hijos de puta y cuidadito y se mueven* y así, sin que el cortador o el de modelaje bajaran a preguntar algo a mi tío para el grabado de iniciales o para aparear el tono de un cuero con otro. Supusieron que los rateros se habían ido, pero continuaron callados sin atreverse a moverse de sus posiciones incómodas. El brazo entumido, el cuello con tortícolis, el pelo de una de las chicas escociendo la barbilla de mi padre. Esperaron un largo rato, larguísimo, después de que las voces intimidantes cesaron, hasta que se oyó a algún cliente asombrado por una tienda vacía que preguntaba si había alguien. Entonces mi padre gritó desde el baño, *sáquenos, por favor.* Y luego los otros corearon, *por favor,* hasta que se apiadó el desconocido o los de arriba se percataron de algo extraño, no lo sé, y dieron un giro a la llave. Sus cuerpos liberados se esponjaron y se alejaron de esos minutos de condena, a merced de dos truhanes que, seguramente, se subieron a la camioneta que los esperaba tras el soborno de policías.

Al miedo se sumaban la impotencia y el coraje, los ganchos vacíos en los colgadores de ropa, las prendas que tardaban días en confeccionarse, el resultado de meses, el trabajo de muchos, el sustento de familias en aquel local que el amigo arquitecto Andrés Casillas había diseñado, con aquel mueble de sacristía que servía de mostrador y el patio interior de plantas de sombra al fondo. A pesar de la merma, olía a cuero concentrado, como si en los anaqueles desnudos quedara el rastro animal de las prendas.

¿Habrá enfermado del estómago mi padre? ¿Qué hizo con esa rabia y esa pérdida? ¿O pensó que lo bueno era que estaban vivos? Nos describía las voces de los hombres —una grave, la otra rasposa— porque era lo único que conectaba con lo que ocurría afuera mientras crecía la tensión.

¿El suceso había alterado su organismo? Porque la hipertensión se presentó mucho después del asalto. Ahora tenía una úlcera hospitalaria. Esa fue la explicación médica frente al charco de sangre. Tal vez ya había habido una pérdida de sangre por un agujero minúsculo, lo que podría explicar sus confusiones últimas, esa llamada. *Oye, hija, ¿me depositaste?* Teníamos esos tratos de ayuda mutua; nos prestábamos dinero cuando era necesario ganar tiempo a algún cobro o porque la fecha límite de las tarjetas estaba por vencerse. Y así había sido la última vez, yo le deposité, pero el dinero no aparecía en su cuenta. Le volví a enviar el comprobante de la operación. *Ve al banco, papá, allí está.* Dijo que lo haría. Cuando le pregunté qué había sucedido, dijo que el dinero no estaba, sin perturbación alguna, y cambió el tema. A él también le era evidente lo sucedido: había comenzado a perder el control de su economía, su fortaleza de administrador se le iba de las manos, y con ello a nosotros el padre metódico, acertado y cumplidor en sus manejos de dinero. Su último territorio de desempeño.

No solo el hospital provocaba delirio, sino que también reventaba las vísceras, *debía ya tener algo*, dijeron los médicos como excusa por las consecuencias de aquel confinamiento e inmovilidad obligada para un hombre añoso, marcado por nudos de tiempo y fragilidades orgánicas. ¿No debiera haber una sensibilidad médica para esos robles? Deberían también ser especialistas en botánica y filosofía y saber que contemplar las azaleas y los helechos de la terraza del paciente son un modo de salud. La paz se había perdido, para él y para todos los que lo acompañábamos en los vaivenes de la esperanza.

El engaño fue pensar que aquel duodeno engrapado, al que no debía molestarse durante algunos días con alimento o líquidos vía oral, enderezaría el rumbo de lo que ya se empezaba a complicar. Una septicemia bajo control, pero cuyas consecuencias rajaban las costuras gastadas de un hombre viejo. Pusimos la esperanza en las grapas y el descanso en su sueño reposado.

Mamá preparaba café en la prensa francesa donde se vierte el agua hirviendo sobre el café y después de unos minutos se baja el émbolo hasta el fondo, cuando me pidió ayuda. Era el fin de una comida en su casa y el émbolo no cedía. Puse toda mi fuerza y la cafetera explotó. No solo se hizo añicos el vidrio, sino que el café se esparció por la ventana, el piso, el muro al frente; del techo caían gotas marrones. A mí me dio un ataque de risa.

Habría olvidado el incidente si no es porque mamá me reveló que en una de sus sesiones de AA contó lo que había pasado y cómo, mientras ella estaba desencajada, yo me reía desenfadada. Se había molestado conmigo, pero no me lo dijo hasta ese día. Lo vivimos distinto, aunque yo no lo había notado. El gran sentido del orden y la estética de mamá colapsaban con mi actitud. Es cierto que mi risa también puede ser nerviosa. Cuando iba en la secundaria y papá volvió del trabajo, en el portón de la casa le di la noticia de la muerte del padre de una amiga en aquel avionazo de Monterrey. Luego me eché a reír estúpidamente. En cambio, el café decorando una esquina de la cocina, aunque incómodo, era chusco.

Me llamó la atención que hubiera compartido nuestras reacciones encontradas como algo que ella tenía que resolver. Mamá tendría que reponer su cafetera, pero había perdido muchas cosas en la vida y, con más o menos trabajo, echaba a andar. Tal vez le sucedió lo mismo cuando se dio cuenta de que si papá salía del hospital tendría otra vida en casa. Ella no podría sola, como de hecho ocurría desde hacía un par de años, que una enfermera asistía a mi padre. Cuando papá se caía no había cómo levantarlo, alzarlo de una silla me costó una ciática con dos semanas de inyecciones. Mamá podía lastimarse mucho más. Pensó que precisaría un enfermero de día y otro de noche, que su recámara adosada a una pequeña sala que la prolongaba y donde se veía la televisión, se leía y miraba el verdor de los jardines ajenos de San Ángel, sería como un cuarto de hospital con camas metálicas que se elevan y reclinan. Y ella, ¿dónde dormiría? ¿A su lado sin estar nunca más a solas con él? ¿Sin poderle extender una mano a la mejilla y decirle: *Hasta mañana, Sol?* ¿Podría tolerar esa forma de los días de ahí en adelante?

Ellos me habían enseñado el amor y el desamor, o el amor a pesar del desamor, o el amor después del desamor. Aun cuando estuvieron separados por más de cinco años, y mamá empezaba a mostrar confianza en su luz propia, papá me decía que quería que enterraran sus huesos con los de mamá. Era una frase macabra y amorosa; difícil de digerir porque papá estaba en otra casa con otra mujer. Ya no eran los jóvenes de la foto cruzando el umbral. Lo cierto es que sus cenizas están juntas en la iglesia donde se casaron, y otro poco en Madrid, donde nació mi madre, y donde escogieron pasar varios meses del año antes del declive final.

Mamá se alarmó cuando al tercer día notó que papá no podía inclinar el torso hacia adelante; un movimiento sencillo, un incorporarse para escuchar era imposible. Desde la cama que lo mantenía sentado y la almohada que retenía su cabeza, la llamaba para que ella se acercara. La herida del pie lo estaba minando y mamá temía regresar a casa con un hombre desvalido. No había cómo bajar el émbolo de golpe sin que resultara un estropicio.

Papá dormía mal desde hacía muchos años, las pastillas para lograr el sueño eran un hábito imperdonable. En el hospital insistía en ellas. Podía olvidar otras cosas, pero no el remedio para caer en el sopor de un sueño largo que lo desconectara del miedo. En casa, las intermitencias del insomnio lo mudaban al sofá frente al televisor en la prolongación de su recámara. Su espacio era como una suite de hotel: cuarto con baño y un poyete que dividía la sección libros, sillones y televisión, las dos áreas con grandes ventanales que miraban a la terraza y al muro de hiedra que trepaba desde la planta baja. Al fondo de los cristales asomaban los árboles del vecino. Mis padres tenían un paisaje prestado que se sumaba al de su terraza y que querían moldear a su antojo: que si las frondas descuidadas tapaban la luz y las ramas eran puentes de acceso para las ardillas rapaces. Me valió un cuento la obsesión de mamá, en aquellos tiempos de mujer sola, por comunicarle al vecino que debía cortar una rama. La vista se había vuelto lúgubre, un hoyo, y su ánimo hacía coro con la invasión vegetal. Mi madre deseaba una felicidad más allá de la entrada de luz si los vecinos cortaban la rama intrusa. Yo creo que mi padre no leyó ese cuento que aludía a su ausencia, y si lo hizo guardó silencio porque la mujer de la rama intrusa se entusiasmaba con el vecino. Mi padre celaba mucho a mi madre, aun en tiempos en que estaba con otra mujer. Mi madre era suya, y yo, en el cuento, le ofrecía los brazos reconfortantes de un amante. Ella y yo lo sabíamos, y sonreíamos cómplices. Sobre todo porque cuando me acompañó a recibir un premio a otra ciudad, un funcionario de alto rango se sentó junto a ella en la cena y la hizo sentirse mujer mirada. Yo quería que la miraran, quería proveerles felicidad a los dos. Tal vez solo como una forma del egoísmo personal: mi madre triste y mi padre ausente me lastimaban.

Papá necesitaba de la verticalidad del sillón donde a veces, como pajarito vencido, su cabeza colgaba mientras dormitaba y luego el dolor de cuello pasaba la factura. Tenía miedo de la horizontal, de esa posición del cuerpo cuando te velan, cuando te encierran en el ataúd.

Acostado en el acolchado de esas cajas de muerte en la funeraria, después de los afeites de los embalsamadores que esperaban su propina porque lo habían dejado, según ellos, presentable, nos legó una imagen impostada y grotesca de él. En aquel rostro con la dentadura postiza, el pelo aplacado y colorete en las mejillas, los tres hermanos no reconocíamos a nuestro padre. Sí, era su traje beige de gabardina, sí, era su corbata verde con azul marino, pero ese no era papá. El hombre yaciente con una mueca ajena no se parecía al que dormía con el cuello doblado a distintas horas del día porque había pasado mal la noche, porque algo lo despertaba y la pastilla no era suficiente, y se deslizaba hacia el sillón mientras mi madre, sin los aparatos de los oídos, descansaba con un gesto plácido. Dormir le era un presagio de muerte. O de la posibilidad de morir y no enterarse. ¿Será importante enterarse? A esa muerte en que se deja de respirar durante el sueño y la tranquilidad del rostro revela que no hubo lucha ni aviso, solo un desliz del aquí al allá, de estar presentes a no estarlo más, se le llama la muerte de los benditos. Mi padre no quería ser bendecido por ella.

Un día de los meses finales de su vida, al levantarse por la noche rumbo al sillón que acunaba el insomnio, se cayó y quedó tumbado entre la cama y el ventanal; intentó ponerse de pie, pero volcó lo que estaba en el buró. Debió de ser ese ruido el que acabó por despertar a mi madre. Porque los llamados de mi padre no lograron nada. Mamá sin los aparatos no escuchaba nada, había que decirle buenas noches antes de que se los quitara. La sordera es también una especie de ausencia. Un irse. A ella la descansaba alejarse de las angustias de mi padre por las noches, y de su desesperación en el día cuando con todo y aparatos ella no lo escuchaba. Él le reclamaba a gritos, ella contestaba herida. *Sí, estoy sorda, estoy sorda.* Me dolía ser testigo de esa escena frecuente. Cada uno ventilaba su desesperación. Era su protesta inútil ante la degradación del cuerpo, y lo único que podían defender eran los restos de la dignidad.

Cuando por fin se dio cuenta, trató inútilmente de levantarlo con la ayuda de la señora que trabajó la vida entera con ellos, los vio partir y a la que acudo como testigo de lo que fue nuestra vida familiar. Mi hermano y su mujer llegaron pronto y pudieron rescatarlo. Antes de su internamiento en el hospital, mi padre reconoció que no podía librarse del terror de la horizontalidad. Caerse era peor. Por eso en casa eligió el sillón como cama para que la muerte no lo sorprendiera.

Los muebles enviudan, me lo reveló un poema de Rafael Vargas: «Invención de un mueble».

> Sol y polvo caerán sobre ella,
> una copa de vino, sopa caliente,
> la marcará la huella de algún cigarro
> pero conservará su belleza pese a todo;
> como nosotros, habitará entre estos muros,
> enviudará, se mantendrá firme
> hasta que nadie vuelva a reír o a llorar sobre ella.

En mi casa se mantiene firme la cómoda de caoba que estuvo en la sala de San Ángel y que guardaba con esmero los cubiertos y los manteles, y en el cajón último, el porvenir documentado: las escrituras, las actas, las copias de los testamentos. Curioso que esas huellas oficiales del pasado fueran bengalas al futuro del que nos advertía constantemente mi madre. *Miren, aquí están, y aquí la llave para abrir este cajón.* Cada tanto lo repetía y yo aleteaba las manos restándole importancia a lo que no quería encarar: el día en que nadie nos pudiera señalar el cajón y su contenido. Hacía bien en repetirlo, porque yo olvidaba dónde había dicho que estaba la llave. Mi madre era práctica y sobre todo ordenada. También mi padre lo era, a su manera. El secreter se había vuelto su oficina, su espacio personal, donde no podía gobernar mi madre. Había rotulado fólders identificando el contenido con una caligrafía anterior al temblor de su mano que fue haciendo su firma irreconocible en los cheques que extendía. Y allí, en el cuarto postizo construido en la azotea, miraba la buganvilia, descifraba el uso de la computadora, rellenaba facturas, traducía a Raymond Carver y archivaba con esmero.

El secreter está en casa de mi hija mayor, así lo dispuso mi madre, sabedora de que el mueble seguiría viviendo más allá de ellos. Reconocía su papel de testigo desde su boda en 1954. Un mueble que saltó al siglo XXI presumiendo la fineza del grano de encino, los cajones pequeños para arrinconar lo íntimo. Poseía recovecos para papeles y sobres destinados a cartas o tarjetas de agradecimiento, reliquias de otros modos y ritmos de vida. Un mueble delicado que sigue mirando desde su orfandad la nueva vida, lo que provocó aquel enlace al que se unió, celebratorio. Puede ver al bisnieto que se esconde bajo sus patas y a su madre que guarda allí sus papeles secretos y la cercanía perenne con su abuelo.

Aquel plato de papaya y los huevos rancheros del hospital no alcanzaban a suavizar el encierro y el cansancio del cuerpo. Pasar la noche en la cama suplementaria siempre tenía un doble filo: por un lado la sensación de cuidar de mi padre, de estar al alba, literalmente —aunque imagino que me acostumbré al entrar y salir de las enfermeras y me seguí de largo en el sueño—, y por el otro el deseo ferviente de mi cama, de los ruidos que suben desde la calle cuando se levanta la cortina de la panadería bajo mi balcón, la ropa limpia, las sábanas suaves, mi almohada, el olor a las cremas, el perfume, el café. El mesero me servía el café como si el aroma aliviara con su ilusión de vida normal. En el hospital la vida nunca es normal. Los vi pasar a lo lejos desde el ventanal del restaurante: mis dos hijas con su padre. Tuve el deseo del náufrago: hacer señales de humo, que me vieran, que rescataran mi soledad. Llamé por teléfono, les dije que estaba en el restaurante, pasarían a saludar después de ver al abuelo. Respiré, alguien me echaba una soga, y no solo el mesero con el café vertido, o el croissant y la mermelada. Mi piel y mi sangre, los míos. Los que podían cobijar la incertidumbre.

Luego supe que papá los recibió con alegría. Mi antes marido siempre dijo que mi padre era su amigo, con él apostaba que tal o cual equipo ganaría en el futbol, y las botellas de vino de uno y de otro iban y venían, en especie o en palabras: *me debe dos, le debo una.* Un intercambio sabroso que afirmaba el cariño y el respeto, un llevarse al tú por tú aunque él siempre les habló de usted a mis padres. *¿Cómo está?*, en sus bromas a veces se podía pasar de tueste o de sinceridad, pero ya lo conocían y gozaban su cariño permanente. Así que en cuanto se saludaron, su yerno lo puso al tanto del balance de las apuestas, y las niñas, así las sigo llamando, le contaron cosas. Lo escucharon bromear y casi los convence de su mejoría, hasta que mi padre se dirigió a la enfermera y le ordenó: *Le trae un tequila al señor.*

Mi padre era un buen anfitrión. En aquella azotea de San Ángel convertida en *roof garden,* entre plantas y bajo un toldo a rayas que mantenía el sol distante, las tertulias domingueras y algún festejo entre semana siempre comenzaban con el tequila y la botana. Ambos disfrutaban ese escarceo entre el destilado y la cerveza. Era la comparsa para la charla, y la actividad más atesorada por la familia. Charlar con el aperitivo, prolongarla en sobremesa. Llevarla de vacaciones.

La enfermera los miraría perpleja. Mis hijas habrán sonreído nerviosas, el candor de tal petición los tomaba por sorpresa. Constatar que las cosas no andaban bien vino de la parte más amable de mi padre: el deseo de que los demás se sintieran cómodos, halagados. *Un tequila para el señor.*

Seguramente el padre de mis hijas contestó que no le apetecía en ese momento, que era muy temprano, no lo colocaron en la sórdida realidad de que la enfermera no era un mesero, y que estaban en un cuarto de hospital y no en la terraza de su casa, por más luz que entrara del sur, como en San Ángel. Desde la cama suplementaria que de día era sofá platicaban con el abuelo. Mi padre.

Cuando bajaron a la cafetería, yo quería que contuvieran mi cansancio con un abrazo, que preguntaran cómo estaba yo. En vez me compartieron lo sucedido. Festejamos la ocurrencia de mi padre que pese a todo confirmaba su estatus de dueño del terreno, al que abonaba con las bebidas y un cool jazz o música cubana de fondo. Fingimos que la confusión nos aliviaba porque había una parte que nos gustaba, y eludimos la tristeza de la decadencia, la claridad perdida, el aplomo cedido a una cama con manivelas para subir, bajar, llamar, bañarse, orinar, desangrarse y ordenar un tequila para su amigo.

Vivimos en una casa grande y muy hermosa en el barrio colonial de Coyoacán. La compraron mis padres con esfuerzo, hipotecas y préstamos. Con deudas, sin liquidez y con un futuro nebuloso la vendieron. Para la compra, la familia había aumentado con el nacimiento de mi hermano; para la venta, ninguno de nosotros vivía ya con mis padres, que habían perdido cohesión. Papá iba todas las tardes al hipódromo, se aburría. Mi madre se preocupaba. Se atravesó un bache que llamó amorío. Desesperación de mi padre por construirse una ilusión traicionando el lema que siempre nos contagiaron: una pareja funciona porque los dos miran al mismo lado. Se habían vuelto estrábicos. Mi madre no sabía cómo recuperar los ojos de mi padre. Y nosotros, torpes cachorros crecidos, estábamos volcados en nuestras vidas, tomados por los apremios del día a día.

La casa de Coyoacán había sido testigo, entre otras cosas, de mi boda. Una recepción en el jardín donde se dieron tapas españolas y no faltó el vino, tan no faltó que luego escaseó la comida para atemperar el hambre de una celebración que rebasó las doce horas. Mi tío Juan le pegó al poste de la acera de enfrente cuando se iba; los primos del novio le tiraron una lámpara encima a un amigo de la familia; la esposa de un tío se quejó de que un mesero, abusivo, intentó tocarle las piernas al tiempo que le limpiaba el vino que le derramó. Quería que su

marido se agarrara a golpes con el mesero; él fingió un reclamo con algún intercambio distinto de palabras y volvió al lado
de ella con su honor rescatado. En una de esas idas y venidas
a la cocina me topé con mi padre, recluido en el breve espacio del antecomedor. El nicho de la familia. Tendría algunas
copas encima, pero sobre todo un talante melancólico, con
aquel brazo sobre la mesa y la silla ladeada que casi permitía
verlo de frente. Me senté a su lado y tomé su mano sobre la
mesa. *Güerita*, dijo, levantando las cejas y los ojos como solía
hacerlo, sin alzar el rostro. Nos estábamos despidiendo de los
desayunos en ese espacio, era el zarpar de mi vida. No importaba que ya me hubiera ido otras veces a vivir sola, o con amigas,
a Los Ángeles, a Ensenada, a Europa. Me iba a hacer *mi* vida.
A fundar familia. Como el barco que salió de la playa del Sar-
dinero, el *Marqués de Comillas,* que trajo a mi abuela a México
para reunirse en Tapachula con su esposo por poder. Viviría
en la ciudad, no en otro continente, pero me iba. Y papá estaba mirando desde el muelle, desde el antes. No nos dijimos
nada. Alguien llamó. Le di un beso y salí nadando al mar abierto desde donde ahora escribo.

Fue extraño aquel día que papá nos convocó en la sala de
Coyoacán poco antes de que se vendiera la casa, cuando aún
no sospechábamos que eso ocurriría. Todos estábamos de visita, papá ya no vivía ahí, y cuando llegamos mamá nos condujo
a la sala. En el sillón largo frente a la chimenea nos sentamos
mi hermana y yo, mi madre en el *love seat* de la derecha, mi
hermano en el sillón donde mamá colocó un muñeco cuando
descubrimos que habían entrado a robar, y que estuvo leyendo a Graham Greene bajo la lámpara encendida día y noche
para *ahuyentar,* con su inofensivo aspecto de intelectual euro-
peo, al futuro ladrón. Papá en el sofá de pana color topo que
fue su aposento, su rincón, y lo primero que mi madre quiso desaparecer de su vista cuando ya no regresó él del hospital. Entonces papá, con la gabardina que le quedaba chica o
mal o que no había mandado a la tintorería, con su señorío

y su elegancia maltrechos, dijo que venía a decirnos algo: *los amo*. Fue tan extraño oír ese verbo. En casa no lo usábamos. Nos queríamos pero no nos lo decíamos tampoco; nos abrazábamos, éramos cariñosos, pero *amarnos* era como de película italiana. La palabra *amor* siempre es Italia. ¿Qué contestamos? Seguramente que nosotros también. El hombre de la gabardina pedía un bote salvavidas, como si la palabra *amor* diera fe de que no abandonaba el barco. Aún no logro desentrañar por qué fue a refrendar su amor por nosotros. ¿Y mi madre, cómo se sintió con aquella palabra que no era para ella, sino para la familia? Si a quien había abandonado era a ella, aunque en realidad el que se va traiciona a cada uno de los que componen esa isla con memoria, esa marca de pertenencia. Yo también fui una traidora. *Te pareces a tu padre*, me dijo alguna vez mi marido. Sé que se refería a lo bueno y a lo malo. Nadie está exento de oscuridad, del dolor y la culpa, de la felicidad y la necesidad del perdón. Papá nos descompuso aquel día porque por alguna razón mamá, con el arreglo que la distinguía, el pelo oscuro y abundante sobre los hombros, esos ojos moros, sus cejas altas, extendió los brazos al frente, las palmas hacia arriba y exhibió las delgadas cicatrices en sus muñecas.

Yo me había creído semanas antes aquella explicación de cómo, al levantar la base de la cama, se había lastimado. Me puse de pie bruscamente, fulminada por la rabia y por el dolor, por mi estúpida ingenuidad. Le dolía tanto su desamor, que la vida no le merecía la pena. Tomé aquella pieza de cristal que cubría una vela y la aventé al hueco oscuro de la chimenea. No esperé a que palabra alguna me detuviera, no había razón que cupiera en mi cabeza y mi ánimo. Salí de la escena hecha añicos, dejé la casa de Coyoacán, las palabras a la deriva de mi padre, la revelación de mi madre y tomé el coche. No quería llegar a casa, no quería llegar a ningún lado. Estaba herida de realidad.

Hubo un tiempo anterior en que mis padres también se separaron. Yo acababa de entrar a la secundaria, recuerdo mi falda roja escocesa tableada con aquel seguro grandote que la cerraba. No extrañaba a mi padre; no sé quién nos llevaba a la escuela porque era él quien lo había hecho todas las mañanas, ni qué pasó con los domingos ahora que no recibían a sus amigos en pareja. La memoria es muy selectiva o el egoísmo adolescente demasiado grande. En realidad siempre he huido de los problemas de los demás, de los míos también. Soy una escapista. No noté nada raro en mi madre esos meses. ¿Tendría un amante y por eso no transmitió autocompasión como lo hizo, junto con la rabia, en el segundo episodio treinta años después? Me importaba yo, las medias de red turquesa que quería estrenar en una fiesta, cuándo me iba a bajar la próxima regla, mis amigos y el chico que me gustaba.

Una tarde mi hermana regresó de haber ido a pasear con mi padre, la había llevado al cine a ver una película de Marisol con Robert Conrad. A mí me encantaba él de Tom Lopaka en *Hawaiian Eye*; a mi hermana, la rubita andaluza. Venía muy emocionada, después del cine habían ido a merendar a Sanborns. Me contó que papá tenía un departamento con un sillón escocés, como mi falda. Sentí que me había perdido de algo, pero el barullo de la vida, las reuniones en casa de mis amigas, aquel chico que se me había metido a los ojos del corazón me tenían muy ocupada. Mi hermana era una niña de once y yo una adolescente de trece; a mi hermano le llevo tantos años que no sé si tenga presente ese tiempo breve, del que nada pregunté. Puedo indagar, incluso saber dónde estaba ese departamento que mi padre ocupó temporalmente. Pero no lo he hecho. Los padres repartieron entre nosotros dosis de secretos. Cuando me reúno con mi hermano me sorprende el anecdotario que él posee, la complicidad que tuvo con mi padre, que era distinta a la mía. Seguramente conoce otros secretos. No quiero escarbar en los detalles incómodos, algunos de los cuales se filtraron, inevitables, y acompañaron confidencias no pedidas, que hacían demasiado humanos a mis imperfectos padres. A los trece años, ni muchos años después, podía contemplarlos como otros, además de padres. Tal vez los hijos nunca lo hacemos del todo.

¿Cómo puede saber uno que no saldrá del hospital? ¿Que la última estación de la vida será un cuarto con un número, el gel en una repisa, la indicación *riesgo de caída al levantarse*, los nombres de las enfermeras —Karen, Jessica, Alma— como una lista de asistencia del salón de clases? Las indicaciones iguales, los protocolos y las rutinas idénticos, nada distinto excepto el cuerpo. El cuerpo cada día más inmóvil, necesitado del aseo que proveen los otros, las agujas por donde entran líquidos alimenticios, antibióticos, antiinflamatorios, analgésicos, todo con la letra A. El comienzo del alfabeto: atadura, aislamiento, antipatía, asfixia, abulia. La esperanza de salir, lo supe el día del charco de sangre, se alejaba (otra vez la A), mamá lo previó cuando dijo que no podría volver a casa con papá y dos enfermeros para cargarlo, moverlo y que pasaran la noche en el mismo cuarto de ellos. Mamá estaba aterrada del panorama de un hombre totalmente dependiente, de perder al esposo enérgico que, aunque con movilidad reducida, se hacía cargo de sí mismo. Casi. La enfermera lo tenía que bañar, sobre todo para que ocurriera todos los días, pero eso ya era el paisaje de la normalidad. Lo que venía era una pesadilla. Ella lo sabía, pero yo me negaba a darlo por un hecho. Los médicos insistían en que el *shock* séptico mejoraba, y que la úlcera había sido sellada con las grapas. Hasta que el sangrado volvió a suceder.

Llevaba dos días sin poder más que mojarse los labios, cuando un nuevo episodio reclamó la atención del médico que le había hecho la endoscopía y aplicado las grapas. Lo intervendría nuevamente. Yo era la compañía en turno. Lo bajaron a quirófanos, avisé a mi hermana y a mi madre que ya estaban en su casa a punto de dormir. *No se preocupen.* Mi hermano volaba desde Guadalajara y me llamaría en cuanto aterrizara. *Vente al hospital,* le dije. *¿De verdad es necesario?,* estaba cansado. Le conté que papá ya estaba en el quirófano y que yo esperaba en la antesala, sola. Lo necesitaba. Y mi hermano lo comprendió. La barbilla me temblaba, no sabía si esperar noticias en la habitación. Todo era igual de desolado, pero la habitación tenía ventana y daba horizonte. Prefería intuir la silueta de la montaña frente a la oscuridad extendida sobre la ciudad, que mirar el cuadro insulso en la pared. Pero no me moví. Cuando mi hermano llegó con la maleta y la cara cansada de la jornada de trabajo y el vuelo nocturno, lloré en sus brazos. Como cuando me abrió la puerta de la casa de Coyoacán la mañana del sismo del 85 sin comprender mi desamparo y mi vestimenta; en camisón y descalza con un embarazo de nueve meses. Mi padre podría no librar esa operación donde contendrían de nuevo los sangrados internos. Nos sentamos a esperar en silencio tomados de la mano frente al cuadro insulso.

Hoy me desperté entusiasta, como si la muerte de mis padres no fuera real. Incluso los invité a comer a la casa de la montaña, ahora que el clima de primavera es tan benigno y que la jacaranda frente a la terraza está floreando aún. A mi padre le encantan los perros y siempre habla del que tuvo en Veracruz cuando vivió con su hermano antes de casarse con mi madre. En las fotos del velero donde lleva una camiseta blanca se le ve feliz, como actor de película de los cincuenta, a la James Dean, el viento le menea el copete; es delgado, bien parecido. Correr por la playa con el perro le hacía sentir ese regocijo de puerto, de espacio amplio y libre.

Cuando llegue acariciará al pastor belga, que es muy dócil, y yo prepararé la sopa de fideos con almejas, su favorita. Desde el día que la probó en mi casa, le entusiasmó tanto que mamá me copió para festejarlo. A mamá me gustaría tenerle las chalupas por las que deliraba y que, cuando íbamos a un restaurante que las preparaba bien, las pedía de entrada, de intermedio y solo variaba en el postre: flan.

A lo mejor les doy el salmón a las hierbas que siempre alaban. O un pollo a la cerveza que me sale muy bien, ahora que me he puesto a cocinar con esa olla de cocción lenta. *Te va a encantar el aparato, mamá. No ensucia nada. Y cocina sin que tú hagas mucho esfuerzo, es como poner la olla sobre la leña. El hogar famoso. Prometo no hacer ensalada que solo comen porque es saludable, pero sí unas alcachofas que a todos nos gustan tanto, o los espárragos al vapor con un poco de parmesano en lajas.* Me encantará tenerlos en esta tarde plácida y platicarles de las niñas, mis hijas de más de treinta años, de sus trabajos o no trabajos y sus planes y de mi nieto. Lo tendrán que conocer. Se lo han perdido por salirse del escenario, por hacer mutis, porque duramos lo que duramos, chingado. Pero hoy que han venido a comer no hablemos de eso, ni de cómo Madrid se volvió una ciudad desierta en los meses crudos de la pandemia y los vecinos cantaban de balcón a balcón. Con sus voces por el aire abrazaban a los otros, la voz se volvía piel, lazo. Llorarías, mamá, y recordaríamos aquel «piso» en el que estuvimos hace muchos veranos, recién muerto Franco. Nos habríamos asomado al balcón por turnos, pues era pequeño y angosto, y saludaríamos a los de enfrente o escucharíamos cantar a alguien. Y mis hijas sumarían Atotonilco, todos bordando el aire con la alegría y la nostalgia de la música. Conversaríamos sobre la importancia del balcón y las golondrinas que se aprendieron nuestros nombres.

Estuvimos con ustedes mientras morían. No sé si se dieron cuenta de nuestra compañía en los últimos instantes, quiero pensar que sí. Que nuestras voces desde el balcón de la vida los seguían abrazando y envolviendo de cierta paz, de nuestra única manera de barrer su miedo y el nuestro. La voz como el último lazo entre este mundo con noche y día, y la oscuridad incierta de lo otro. Lo nada. Pobre consuelo para encontrarle ventajas a la manera en que acabó la vida de cada uno. ¿Alguien del otro lado? Un lazo de voz.

Pero no vamos a hablar de cosas tristes hoy que han venido a comer, que es abril, tan próximo al aniversario de su boda y que la luz de la tarde es espléndida. Como los versos de Jorge Guillén: «¡Oh luna! ¡Cuánto abril! / ¡Qué vasto y dulce el aire! / Todo lo que perdí / volverá con las aves».

A todos nos gusta reír y comer bien. *Toma el tequila, papá; mamá, un poco de agua.* Saquemos los quesos y las almendras

y las aceitunas y entreguémonos al placer de escuchar nuestras voces hablando de un mundo que no se ha detenido y del
que no nos hemos bajado. Salud.

Desde el agua azul cielo, mi padre me daba las indicaciones para echarme un clavado: *Los dedos de los pies en la orilla, las rodillas flexionadas, la espalda redondeada y la cabeza metida entre los brazos. Las manos juntas al frente,* como un pájaro que esconde la cabeza entre sus alas. Así debía yo tirarme a la alberca para que la superficie no me azotara la cara ni me diera un panzazo, para quebrarla limpiamente y entregarme a ella. Aprendí a estirar las piernas una vez que mi cuerpo penetraba el agua; me gustó esa manera suave y decidida de entrar en ella sin que me lastimara, y gozarla. Papá me enseñó a tirarme clavados, me quitó el miedo al riesgo. No sé dónde aprendió él a nadar, aunque estoy segura de que me lo contó. Tener una alberca no era una situación habitual de su vida de niño con carencias. En la mía sí, en los fines de semana y vacaciones. Su cama era una alberca rectangular donde yo requería instrucciones para aproximarme a perderlo.

Como un pájaro que esconde la cabeza entre sus alas, necesitaba su guía.

Mis padres murieron en primavera. Desde el escritorio contemplo la primavera de mi ciudad como un espectáculo privado. El ventanal de la casa de la montaña provee de una vista que no tengo en la mía, el oriente se enaltece cada mañana con el tránsito tímido del sol a la osadía franca. Mamá siempre decía que las casas debían tener una orientación oriente-poniente. Había padecido el norte ríspido de las ventanas del departamento de la calle de Marsella, donde vivió con su familia antes de casarse. Hay quienes piensan que la Ciudad de México es un lugar caliente, qué equivocados están, 2 700 metros de altura es zona de encinares y de pinos. Aquí hace frío cuando es tiempo de frío. Tenemos un suéter siempre a la mano. Mi departamento no tiene horizonte, sino una cortina de ramas al lado poniente que la hacen verde y secreta, y el muro del edificio contiguo al oriente que nunca permite el espectáculo del amanecer.

Cuando el día rompe la noche, desgaja la oscuridad y revienta en luz. A veces, el amanecer me regala entre el ramaje del fresno en la casa de la montaña el perfil insólito de la mujer dormida, su cabeza, el hundimiento del cuello y la altivez del pecho que es todo lo que alcanzo a ver. No miro los pies del Iztaccíhuatl que conocí de cerca cuando me dio por el alpinismo en el final de la adolescencia. Reverencio la majestuosidad del valle y la quietud tempranera para hundirme en los pensamientos que se volverán palabras-hilo a los últimos días de mis padres.

Fue en la primavera tardía que se ausentaron para siempre de los venideros amaneceres. Fiel al oriente, cuya importancia cardinal recalcó mamá, veo el mes de abril y el atisbo de mayo con el florecer alegre de las jacarandas. Miro la largueza de los días que avanzan al solsticio y sortean el capricho del clima entre lluvias y granizadas fuera del guion oficial de la primavera. Nuestra primavera chilanga es la temporada más caliente, y pasa veloz.

Mi padre contempló las jacarandas de febrero y marzo y las vio desflorarse desde el sillón de pana que mi madre ventilaba todas las mañanas y que a su muerte pidió se removiera de inmediato, como el recordatorio más claro de la ausencia. Vivió algunos días de lluvia de un verano anticipado en este valle donde se desorienta la repartición de las secas y las aguas. Se perdió el trinar de pájaros alborotados, los pechos ocre de los que se llaman primaveras y el antifaz de otros más pequeños. Mientras recorro su muerte en palabras, afuera se celebra la temporada floral, las ardillas buscan aparearse y roen la corteza del olmo con nostalgia de bellotas. La primavera es júbilo porque el mundo se mira de colores si hay una ventana para hacerlo. No la del hospital, siempre obstruida por otro edificio, por los consultorios de los médicos que se iban apagando lentamente cuando la noche caía, o que encendidos revelaban el escritorio, la bata, el paciente en el edificio contiguo y uno podía rellenar el cuadro con los diplomas y las estatuillas de doctores con estetoscopios, bebés en brazos, luz de minero en la frente.

La primavera desde el cuarto de hospital no acercaba la fronda de ningún árbol, muy de lado se podía ver la montaña con aquel Pico del Águila, tan tetilla orgullosa como vigía de erupciones, que ahora miro de cerca. Cuando mi padre mejoraba —antes de que la úlcera hospitalaria se declarara como consecuencia de la inmovilidad, del estrés, de la violencia de los medicamentos y la tristeza de no estar en el ventanal de casa, que miraba las copas de los árboles de la casa vecina: una araucaria tan impersonal como distante, quizás por ser de un país tan lejano como Chile, y un liquidámbar que se enredaba con la buganvilia cuyas flores se desparramaban hacia la terraza—, lo cambiaron de habitación. Nos quejamos porque la poca gracia de habitar el hospital estaba en la luz y la presencia lejana del Ajusco, para él y para quien se quedara ahí todo el día. El cuarto era oscuro, la cercanía de otra torre, como llaman a los edificios de un hospital para engañarnos con un lenguaje de castillos y palacios, ensombrecía el ánimo. De pronto, estar en el hospital era un problema menor, aquel cuarto era la real condena. Exigimos otra habitación, mientras las enfermeras y las auxiliares escribían sus nombres por turno y los borraban en la mañana y en la noche.

No había dado importancia a la estación del año en que mis padres dejaron el mundo que conocemos, con solo palabras para revivirlos en las conversaciones, o en la escritura. Mi única posibilidad de insuflar aliento y tercera dimensión a dos nombres, a dos camas, a dos cuartos de hospitales en distintos puntos de la ciudad donde les dijimos adiós es la escritura. De alguna manera escribir nuestros nombres y borrarlos sintetiza el trayecto del nacer al morir. Miro los retratos de mis padres y me van pareciendo una mentira. Algo que inventé para poder reconocer mi procedencia. La foto en que mi padre me sostiene sobre su regazo al año de edad y me señala algo, el mundo, lo que sigue, es una historia de otros. De una piel que ambos desechamos en alguna de nuestras mudas. Me encanta verla como un cuento que necesito contarme. Había una vez un padre que podía señalar el rumbo hacia donde mejor convenía caminar. La imagen no basta, es estática, se desdibuja, pierde color. Solo la escritura me acerca el tacto y la voz, la del final, la de nuestro último encuentro. Es mi privilegio.

Despedirse es largo. Nos entretienen los expedientes, las actas, el papeleo, la firma, el pago, los avisos, sus cajones, su ropa, el perfume y la loción a medias. Las corbatas exangües de papá, las mascadas dobladas de mamá. Lo que se borrará. Es como si el cuerpo que habitaron demandara todavía un cascarón concreto. El caracol del ermitaño, antes de solo ser la concha vacía. Pero aún concha vacía la podemos tocar, acercar a la nariz para olerla, llamarla de algún modo. Desplegamos su nombre en una caligrafía que no será más que pasado. El nombre se vuelve la última estela de su estar en el mundo. De ser alguien que opina, que ríe, que quiere cosas, que tiene recovecos turbios. Morirse es dejar de desear lo que sea, desear es futuro. Era la primavera y no encontraba consuelo en el verdor que afuera aullaba y me echaba en cara su cíclica permanencia, indiferente a lo que ya no era, ni estaba: al hueco.

Fue la primavera acercándose al verano la última estación que mi padre contempló desde el privilegiado estrado de su sillón en el estudio de San Ángel, donde hubiese muerto de haber podido elegir. Pero escoger el escenario de su muerte les fue vedado a mis padres.

Supongo que cuando cumples ochenta años, si es que llegas a esa edad, la noción de tener el tiempo contado es imbatible. Comprendes que si te va bien tienes diez años más. Y entonces reflexionas. Por ejemplo, en lo que has hecho en la década que acaba de transcurrir. Puro lugar común: se fue como agua, como hilo de media, sin sentir, el tiempo pasa cada vez más rápido. Y entonces la sombra de la guadaña te quita la tranquilidad del sueño. Supongo que piensas que cada hora que duermas le estás restando a la vida. Y la vida es la vigilia. Entiendes, a tu pesar, que para estar bien en la vigilia hay que tener horas de sueño. No sé cómo negoció mi padre con esa ecuación. Cómo resolvería su cerebro el deseo de seguir vivo y el horror de lo inevitable. Pronto moriría, lo debió tener claro al cumplir noventa, meses antes de su muerte. No porque se sintiera mal; al contrario, si uno ve las fotos del festejo su rostro es espléndido. No se asoma el destino.

Cada nueva manifestación del deterioro del organismo de mi padre se achacaba a las secuelas de la septicemia. Ahora sé que la septicemia es muy común en ancianos, esa infección generalizada del organismo puede entrar por cualquier orificio de una piel frágil, adelgazada como era la de mi padre. En su caso había sido una herida en el dedo gordo del pie que no cerraba. Cada vez que, como me sucede a menudo, me golpeo contra la arista de una puerta o la esquina de un mueble,

111

mi piel acusa un enrojecimiento veloz. Ni siquiera se convierte en moretón, es como un apelotonamiento de la sangre. Esos círculos rojos me recuerdan las manos y los brazos de mi padre al final de la vida. Me confirman que sigo sus pasos. El rumbo que me señala en la foto donde no nos reconozco.

Papá había librado la segunda intervención para detener el sangrado interno. El médico nos había dicho que papá era más fuerte que un roble. Mi hermano y yo recibimos entonces las buenas noticias aliviados, él se pudo ir a descansar de la larga jornada y yo a acunarme junto a mi padre que seguía ahí mío, nuestro. Pero unos días después mi padre estaba reteniendo líquidos. La piel de su cuerpo se estiraba abrillantada por esa ineficiencia de los riñones para filtrar y expulsar la cantidad de orina normal. Los riñones, nos dijeron, son los más afectados por la septicemia. *Hasta los besos me duelen*, dijo, cuando mi madre se despidió de él con un beso en la frente la noche de su muerte. Le estorbaba la sábana sobre el cuerpo. Mi madre lo repetiría muchas veces: *Ni siquiera podía soportar un beso*. Pobre de mi padre. Me invade la tristeza. Debimos haber dicho ya nomás, déjenlo tranquilo; la impotencia había derribado al roble, ese cuerpote grande y altanero, que aun en su vejez imponía y que ahora extraño tanto. Pero uno es obediente, cree en la verdad médica, como si fueran dioses que nos van a devolver al tiempo anterior a las nueve décadas recorridas. Entiendo muy bien por qué mi padre solo confiaba en su sobrino médico, que sobre todo era su pariente. Entiendo que no quisiera poner un pie en un hospital donde se aferran al despropósito de mantenerte vivo, a pesar de las evidencias de la edad. Pura invasión. La persona se vuelve un cuerpo indefenso; el pudor y la dignidad ya no pueden protestar.

Le explicamos a mi padre que los médicos decían que un aparato debía entrar al relevo de las funciones renales. Dijo que sí porque no soportaba esa sensación descarnada sobre la piel hinchada. Y cuando lo bajaron al quirófano para colocarle entre el hombro y el cuello la válvula por la que se conecta la bomba de la diálisis, se resistió. ¿Por qué los médicos no explican, cuando insisten en que lo único que se puede hacer ya es esa asepsia de los líquidos, que antes es preciso someter al paciente a una pequeña cirugía? Por eso, cuando mi padre estaba en el quirófano y nosotros desayunábamos ajenos a su irritación, que no nada más era de la piel, nos localizaron en la cafetería. Necesitaban que alguien ayudara a que mi padre se dejara intervenir. Acudió mi hermano. Con suavidad y firmeza, como a un niño malcriado, le dijo que ya habían acordado hacer la diálisis, esa era la razón por la que le tenían que colocar algo en el hombro. Lo convenció y mi padre dejó de manotear. Perdió ahí su última voluntad. No había alternativa a esas alturas, aunque cada paso lo acercaba a la muerte. Le pudieron haber ahorrado una agresión tan inútil para un hombre que ha vivido horas extra.

Aquella tarde le hicieron la primera diálisis, comentaron con vítores que había sido un éxito. La había tolerado. No sabíamos que aún estaba por verse si toleraba el resto. Confieso que las noticias de los médicos, aunque incompletas, nos tranquilizaron, tal vez dejara de sufrir. Incluso, tal vez se pusiera bien. Nos aferrábamos a los parpadeos de esperanza con el cansancio de quince días de hospital entre el vaivén de la mejoría y la aparición de una nueva descompostura. Qué sabio era mi abuelo, que decía que si ponía un pie en el hospital le iban a encontrar del todo. Tanto temía a los galenos, que cuando un dentista le puso una dentadura demasiado grande, en lugar de ir a reclamar tomó una lima metálica y se rebajó los dientes. Y no murió en el hospital.

Ya no había para dónde hacerse. El terror de mamá a llevarse un hombre impedido a casa era también un muro infranqueable. Después de dejarlo tranquilo y de que los médicos dijeron que habría una segunda diálisis, cada uno se retiró a descansar, pues la enfermera de casa estaba en turno y nos reportaría. Cuando mi madre lo besó en la frente fue cuando él aludió al dolor que los labios suaves de su esposa le provocaban. Aquel día por la mañana habíamos discutido la venta de la casa, antes de que todo se precipitara en su disfunción renal. Aquella mañana había salido yo con mi pataleta por su terquedad frente a la evidencia de que no había dinero para pagar su hospitalización, frente a su respuesta de divorciarse de mi madre. Todavía todos pensábamos que sería necesario liquidar una factura cuando él volviera a casa. Enojarnos, reprocharnos, buscar salida eran nuestros estertores inocentes. La muerte ya tocaba a la puerta.

Hicimos un viaje largo en familia en las vacaciones de fin de año con el propósito de llegar a Tapachula, donde nació mi padre. La pasamos muy bien en Oaxaca a pesar de que vomitamos en la carretera curveada y larga desde la Ciudad de México. En la Noche de Rábanos rompimos platos después de comer los buñuelos detrás de catedral, nos hospedamos en el Marqués del Valle con el asombro por la cantera verde de las construcciones del centro de la ciudad. Comimos pan de huevo remojado en un tazón de chocolate en el mercado, fuimos a Monte Albán y nos sorprendió, pero nos insolamos. La carretera a Tuxtla Gutiérrez fue también muy pesada, despeñaderos curva tras curva. Nos desilusionamos con la puerta de entrada a Chiapas. El Gran Hotel Humberto no era tan gran, pero estaba en el centro y la agencia contratada lo reservó. Fuimos a Chiapa de Corzo y el quiosco nos reconcilió, también comer en las viejas casonas junto al río. San Cristóbal nos puso al mundo indígena al alcance, de frente y de colores, misterioso, propio y ajeno. Nos compramos blusas; mamá, manteles. En la cárcel vendían unos morrales tejidos por los presos con hilo de cáñamo que perviven hasta ahora como la impresión del cateo a los visitantes y la pachita de aguardiente que extrajeron de la bota de alguno. ¿Por qué se nos había ocurrido ir a la cárcel que, en esa plaza bajo el sol, no parecía tan cárcel, pero era intimidatoria, y los vigilantes humillaban a los más pobres? ¿Les habrán confiscado a los presos parte del dinero de la venta de morrales a esa familia de güeritos? Mamá le puso una correa de piel con arneses al suyo y lo llevó a cada viaje de playa del resto de su vida. Yo lo conservo como testigo fiel y duradero de ese recorrido donde nunca llegamos a Tapachula.

La noche de fin de año reservamos mesa en el restaurante del hotel en el piso más alto, convivimos con desconocidos y nos sentimos ridículos con nuestros gorritos de cartón, silbatos y serpentinas. Papá se quedó en su habitación, estaba mal del estómago, al día siguiente tampoco pudo llevarnos al cañón del Sumidero, y mamá manejó hacia esa cuesta con terror. La vista del río serpenteando minúsculo y distante en el fondo nos arrobó. Cuando ya estuvo bien mi padre, decidieron cambiar el rumbo y en lugar de seguir hacia la costa chiapaneca y frontera con Guatemala, donde mis abuelos habían llegado —primero él en 1911, luego ella, casada por poder, tres años después, y se dedicaron al cultivo y beneficio del café en la finca El Chorro—, tomamos por el istmo rumbo a Veracruz.

Por eso, cuando empecé a preguntarme muchos años después por qué y quién había matado a mi abuelo, y cómo habían llegado allí desde su natal Noja y la ciudad de Santander en Cantabria hasta el Soconusco, había que empezar por conocer Tapachula. Hice el viaje en combi desde Tuxtla con dos escritores chiapanecos, uno de ellos había organizado la gira de presentaciones; entonces me convencí de que tenía una novela por delante y muchas preguntas por resolver. Cuando escribía las últimas partes en una residencia en Canadá, Banff, en medio del bosque y dentro de la cabaña barco que me había tocado, llamé a mi padre. Fabular su origen me colocaba muy cerca de él. Para mi sorpresa, me dijo que acababa de estar en Tapachula. No le creí, quizás porque sus impresiones no tenían la carga anímica que yo esperaba. Era el espacio de su tragedia y su nacimiento. Su Tapachula no tenía color, ni forma, ni algún dato más que nombres de familias que oyó mencionar a su madre o porque un joven se quedó en su casa un tiempo, *hijo de los dueños de una farmacia*, decía. No me mencionó ni la vista del Tacaná, de altura sorprendente, desde la plaza de una ciudad que no es bonita. ¿Habrá ido?, y si no, ¿por qué me mintió? No lo hablamos más, cuando publiqué esa novela solo me hizo un reclamo: *Le pusiste los nombres de mis padres a los personajes*. Aunque era mi forma de reconocer la valentía que hay detrás de una migración, lo que se juegan quienes dejan todo por lo incierto, a él le dolió. Luego me preguntó que cómo sabía que su padre había tenido queveres con otra mujer antes de que llegara mi abuela. *No lo sabía*, le contesté. *Lo inventé*. En realidad, inventé casi todo menos los pocos datos que poseía, averigüé del momento histórico en libros, leí la memoria de una alemana que publicó *Artes de México*. No conseguí testimonios, aunque fui a hurgar en la memoria de los más ancianos tapachultecos. Entonces él me reveló: *Un día tocó a la puerta de casa un medio hermano*.

Pero igual que no fue a Tapachula, tampoco quiso saber más de esa historia que no aparecía en el escaso recuento oficial, plagado de secretos. No sabía con qué arma habían matado a su padre ni los detalles de quién lo encontró, cómo lo trasladaron, mucho menos si hubo averiguaciones sobre el crimen, ni cómo supo mi abuela la trágica noticia. El dolor había tapiado su infancia remota en el confín chiapaneco que le quemaba la piel de la memoria, como los besos de mi madre la última noche.

Hacía menos de una hora que habíamos dejado el hospital, cuando la enfermera llamó. Mi padre estaba mal. Lo dijo llorando, llevaba tres años a su cargo y nos había provocado celos cuando aterrizó en el hospital y mi padre la recibió con una sonrisa diciendo que por fin había llegado la alegría de la casa. ¿No debieron ser esas palabras para mi madre, mis hermanos, sus nietos o yo? Ella estuvo ahí cuando mi padre se empezó a desconectar del mundo. En las vencidas entre la resistencia y la esperanza, ella atestiguó su último rato de lucidez. Yo fui la primera en llegar porque era la que estaba más cerca. Mi padre tenía los ojos abiertos y después los cerró. No sé si me vio, no sé si me oyó, le di un beso aunque le doliera la piel porque veía el ribete de sangre entre sus labios. *Adiós, papá.* Mi padre se desangraba por dentro. Esta era la última *estación* de su vida, los órganos reventando, el corazón sin poder gobernar el fluido por venas y arterias. Papá se iba. Los doctores ya acudían a explicar que no había nada que hacer mientras el resto de la familia llegaba, solo había que ayudarlo a que no sufriera mientras su cuerpo se rendía a la muerte. Su vehemencia por seguir en la vida se parecía al camino elegido desde que, siendo joven, se propuso lograr el bienestar que significaba viajar, la mesa, el arte y los afectos, la amistad y la familia.

Nos acercamos, le dijimos cosas. Mi madre se sentó a su lado en una silla, con la serenidad de un copiloto al mando.

Los demás, los hermanos y nuestras parejas, nos apeñuscamos en el sillón donde habíamos pasado las noches y nos unimos al silencio de la madrugada para respirar, con el ritmo de la suya, la despedida.

Mi desprotegido padre.

«Puse mi cabeza en la cama al lado de la suya / y respiré pero él no respiraba, respiré y / respiré pero él se oscurecía, / mi padre», escribió Sharon Olds en «El último día».

Cuando él dejó de hacerlo, no sé cómo seguí inhalando y exhalando el privilegio de estar viva. Había perdido la certeza del rumbo que me señaló desde niña.

Me dijeron que yo era dueña de las palabras, me pidieron que hablara sobre mi padre. Fue durante una misa que a él le hubiera dado igual, pero que era la forma en que mi madre podía avisar a un mayor número de personas y sentirse acompañada tal vez por su fe en un dios un tanto personalizado al que, de cuando en cuando, recurría. En esa iglesia empezaron su vida juntos.

Escribir no es ser dueña de las palabras. Es buscarlas, siempre buscarlas. Y era verdad que yo quería magnificar la memoria de mi padre, pero mi discurso de dolor y despojo era íntimo y privado. ¿Cómo mediar entre la necesidad de compartir y enlazar a todos con las palabras donde su nombre se pronunciaría como si aún estuviera vivo y el deseo de silencio a solas? Uno no está entrenado para esto porque solamente un día se muere tu padre y otro día se muere tu madre. Has hablado en público, es parte de lo que haces como escritora y como maestra. Pero no eres dueña de las palabras cuando estás en el pasillo central de una iglesia barroca donde se casaron tus padres, cuajada de flores, y tu padre es un retrato en un pedestal. Solo llevas un papel doblado entre el sudor de las manos, las palabras escurren, se fugan líquidas. El cura a tu lado detiene el micrófono porque es preciso que tú sostengas el papel. No se le ha ocurrido que el podio desde donde oficia sería el lugar ideal. Te baja a la Tierra, donde perteneces, porque es él quien media con lo divino y eso le da derecho de altura. Llevas los lentes, y como son para vista cansada, si alzas los ojos hacia la planta de la iglesia hay un mar de personas, pero ningún rostro definido. Tal vez eso es mejor.

Yo era dueña de las palabras mientras escribía en la intimidad de mi espacio el texto que titulé «El secreter de mi padre». Lo escribí con el peso de un águila en el pecho y comprendí que el dolor es metálico y te apergolla. Lo supe cuando me puse de pie junto a un hombre al que no le importaban ni mi padre ni mis palabras. Su pellejo curtido de bienvenidas y despedidas, de *hasta que la muerte los separe*, de primeras comuniones y confirmaciones, de *ya está en el reino del Señor*. Chamba. Pero las palabras para mi padre no eran chamba, palpitaban entre el dolor con que las escribí, el deseo de expresarlas y la necesidad de ser guardadas en los cajones minúsculos del secreter de encino. Experimenté la urgencia de enfriar la lava de la tristeza. Cada frase estaba destinada a dar brillo y constancia de la vida de mi padre y de su huella en mí. Tenía que solidificar el magma. Mientras leía, los vocablos se volvían rocas y me esforzarba para que no se partieran en mi boca; diluidos e inútiles, me ahogarían en mi propio llanto. Cada palabra me recordaba la misión de dignificar su memoria, más como una vocera que como su primogénita frágil y estremecida por estar sin él hablando de él. Atemperé la emoción del texto, contuve la pulpa de mis sentimientos, el azotón de puerta con que salí de su vida cuando aún discutíamos y llegué hasta el final de las palabras sin aire. Si en ese momento hubiera cruzado mi vista con la de mi madre, con la de mi hermano o la de mi hermana, mis hijas o mi sobrino, me habría resquebrajado sin remedio. Me incorporé a mi sitio para que concluyera la misa como si estuviera por encima de las palabras que acababa de pronunciar; acepté la palmada de los más cercanos en mi hombro, las cabezas asintiendo, las felicitaciones posteriores. Lo que menos deseaba eran felicitaciones. No había escrito para eso. Tal vez por pronunciar su nombre como si estuviera vivo, por poderlo llamar *papá*, y que saliera de esa absurda escena de su muerte que no habíamos ensayado.

Lo único que quería hacer, antes y después de las palabras, era acurrucarme en el rincón de una habitación vacía y, de cara a la esquina, llorar.

# MI MADRE

Llevé a mamá a ver un *penthouse* a la vuelta de casa. Tenía una terraza soleada en la parte alta y era prácticamente nuevo. Repeló que la cocina estaba integrada al comedor y echó en falta el cuarto de servicio. Mi hermana le prometió resolver ambas cosas. Finalmente dijo que yo viajaba mucho y prefería vivir cerca de ella. Luego mi hermana encontró un departamento esplendoroso frente al bosque de Chapultepec, a una cuadra de donde ella vivía. Cuando lo vimos, nos sorprendió el pedazo verde desde la sala y una pequeña mesa en la terraza para desayunar. Las recámaras no tenían mucha luz y había un escalón que estorbaba en la recámara principal, pero había manera de cambiarlo y a las dos nos parecía el lugar ideal: amplísimo y de precio adecuado. El verdor del Bosque de Chapultepec extendía la vista como si fuera un jardín propio. Nada taparía la luz del sol. Pero mamá no estaba conforme, a pesar de que había vigilancia y de que estaba suficientemente cerca de mi hermana. Decía que esos no eran sus rumbos. También era verdad. Había vivido durante cincuenta años en el sur de la ciudad, entre Coyoacán y San Ángel. Cuando se mudaron a San Ángel conservó la tintorería de Coyoacán y los marchantes del mercado anterior. Ya esa mudanza le había costado, pero Coyoacán estaba cerca.

En vida de mi padre no se quisieron mudar de aquel acogedor espacio en la planta alta de una casa de San Ángel, a pesar de las escaleras y la reja que no podían mover. Los árboles no eran suyos y los miraban; las terrazas estaban llenas de macetas que había que cuidar, pero les gustaba hacerlo; sabían que la belleza tenía su costo y ellos siempre estaban dispuestos a pagarlo. Mudarse es un trabajo. Pero la vida sola de mamá, con la asistenta de siempre, en aquel hueco entre locales comerciales ya no era sostenible. Que ella estuviera ahí tan expuesta nos quitaba el sueño. Insistir en su mudanza también apuntaba a la tranquilidad de todos y a un asunto práctico; estaba sola, cada vez veía y oía peor, solo que lo disimulaba muy bien porque sus movimientos eran ágiles y el cuerpo erguido.

Después de algunos meses eligió un departamento en el mismo edificio de mi hermana, dos pisos abajo, y que en lugar de mirar al bosque miraba a una fachada a rayas como cebra y a un horizonte de casas, árboles y cielo y, por un costado, al letrero neón del supermercado. No era mejor que el otro, pero estaba más cerca de mi hermana.

Poco a poco el nuevo departamento le hizo ilusión. Fue ideal para hacer una limpia, lo cual le entusiasmó. Le gustaba deshacerse de cosas. Nunca había sido una acumuladora. De hecho, a la semana de la muerte de papá vació sus cajones y papeles personales en un santiamén. La ropa colgada en el clóset que conducía de la recámara al baño era un recordatorio de la ausencia. Aquellos sacos con la corpulencia de mi padre, el ancho de hombros, el largo de mangas (siempre más que sus brazos), sus zapatos deformados hacia el borde interno del pie. Sus corbatas bien elegidas, sus suéteres cada vez más coloridos conforme envejecía. La ropa de los muertos es la evidencia plausible de la falta del cuerpo. Con ella se cubrían, con ella andaban por la vida. Esos trapos inermes son fantasmas perturbadores. Mamá regaló a los suyos lo que consideraba podrían usar o disfrutar. El suéter morado con el que mi padre se veía tan alegre y vital en la mesa de la azotea, convertida en *roof garden* en las comidas familiares, fue para mi hermano. Cuando lo veo con él reconozco la estela de mi padre.

En aquellos días de arrasar con los fantasmas todavía estaba la enfermera, quien me entregó una serie de papeles que había encontrado en el cesto de la basura. Actas, copias, escrituras que documentaban la historia familiar de mi padre. Se había deshecho de las cosas bajo el imperio de la ira y el dolor. Por eso se fueron los calcetines que recién le había traído yo de España, le gustaban de cierta altura e hilo; no llegaron a vestir sus pies, precisamente por donde empezó aquella herida que condujo de la septicemia a las posteriores complicaciones, a su muerte. Seguramente hubiera muerto ya de cualquier cosa, nonagenario como era, sostenido por pinzas, como decía su médico.

Mudarse al nuevo departamento implicó renovación de algunos muebles, lo cual llenaba de gozo a mi madre. No más aquella lámpara pesada del comedor que había sido apropiada para la casa de Coyoacán, pero que no encontraría lugar más que en una sala de techos muy altos. En el nuevo comedor una esfera de cristal parecía flotar sobre la mesa, iluminándola. Era de una belleza limpia, como ahora le gustaban los espacios a mi madre: mucho blanco. Los objetos de plata lustrados sobre la mesa antigua y solo algunos adornos en la mesa baja cubierta de piel que habían hecho en el taller del negocio familiar. Mis padres habían diseñado la mesa, y el cuero color miel se había engrasado con el paso del tiempo; era el sol donde los sillones orbitaban. Tomó semanas la adecuación, que emprendió mi hermana: colgar los cuadros, acomodar las copas, la vajilla, acondicionar la cocina, una nueva lavadora y secadora, un baño que funcionara bien, una recámara que se pareciera a la de San Ángel, con un pequeño estudio adosado donde ella, conectada al tanque de oxígeno, podía ver la tele, podía dormir, recibir visitas. Para Navidad la renovación era total y mi madre abrió puertas y festejó esa primera Nochebuena en ausencia de mi padre, como jefa de familia, como pilar de la continuidad que nos permitía a todos sobrevivir y recordar al ausente.

A veces pienso que estás en la tristeza desgarrada de un amanecer, la forma discreta en que el sol se va haciendo presente en un día nublado, a veces incluso sé que estás en tu imposible regreso. Hay unos pájaros de plumaje ocre que se llaman primaveras. ¿Serás tú esa que se para en el borde del muro, que mira de reojo, que atisba que todo esté en orden? Nos daba por decir que todo estaba en desorden, pero qué se le hacía. A lo mejor el futuro siempre lo está y solo fingimos que alineamos las piedras que nos llevan a él. Porque dime si no fue así en los meses anteriores a tu muerte, tan lejos de sospecharla. Habíamos ordenado tu viudez, estrenabas un nuevo espacio y un arreglo distinto. Celebraríamos tu cumpleaños junto al mar. No preveíamos el desorden. Nos reponíamos apenas de que no estaba papá, tu marido.

Con la ausencia de mi padre, la atención fue para mi madre. Eso daba un propósito, la sensación de cuidado emocional y de ser testigo de cómo se reconstruía sin su marido. A veces me violentaba su demasiado amor por papá. Pero también la había visto florecer en aquellos tiempos sin pareja donde se preocupó de su arreglo, de pintar y de engarzar collares con piedras toscas para venderlos. Sobrevivir al desamor le había añadido una dignidad a la belleza que la colocaba muy bien en el mapa de la vida. Pero de ello habían pasado veinte años.

No sé cómo lo lograba mamá, pero jamás ostentaba sus desfalcos de salud. Había estado hospitalizada más de diez años atrás cuando se desmayó mientras ayudaba a mi hermana a poner el escaparate de una tienda, que fueron unos breves días de innumerables análisis en un hospital donde solo llegaron a la conclusión de que estaba un poco anémica. Fue cuando tomó la decisión de dejar de fumar.

Tiempo después la llevé a un examen de rutina para la tiroides. Le tenían que hacer un ultrasonido a la altura del cuello, sería muy rápido. Entramos al pequeño apartado donde la recostaron y me pidieron que yo esperara afuera. El ultrasonido es una especie de ojo ciego que emite ondas cuyo regreso dibuja formas en la pantalla. Es la interpretación de un lenguaje líquido, una forma amable de ver dentro del cuerpo. Las mujeres lo vivimos con las mastografías y con cada embarazo.

De pronto me llamaron. La habían sentado con dificultad, estaba pálida, olía un algodón con alcohol y miraba a un punto lejano, confundida. La técnica que le aplicaba la prueba había llamado a la doctora de urgencias, quien explicó que aquello había sido un síndrome vagal, donde la posición del cuello y la presión en ciertas zonas afectaban el riego de sangre. Dijo que sería bueno que se quedara para hacerle exámenes; recordé aquella vez del desmayo cuando los exámenes no arrojaron indicio alguno. Llamé a la amiga doctora, en otro hospital, a quien se le ocurrió que era necesaria una colonoscopía, pues el hermano de mamá había muerto de cáncer de colon.

La reacción durante el ultrasonido resultó secundaria, pues el examen de colon reveló la razón de la anemia. Perdía sangre por aquel pólipo canceroso creciendo probablemente desde hacía diez años en su intestino. La imagen rugosa de una especie de cerebro carnoso en miniatura, sanguinolento y grisáceo flotando en el líquido que lo contenía para su análisis, quedó grabada como imagen siniestra. Mi hermana y yo nos confesamos que no la podíamos olvidar.

Como las noticias fueron buenas porque se pudo desprender completo aquel pólipo que, bajo el microscopio, reveló lo que ya el médico con simple observación había detectado, y porque los subsiguientes meses de repetir la prueba la confirmaron limpia, los reflectores bajaron su intensidad, y solo ahora, sin papá y después de salir de la neumonía, habían vuelto sobre ella para hacerla sentir una viuda reina. Si es que eso se podía lograr.

Lo primero fue ir al dermatólogo para que revisara aquel punto rojo en la nariz larga de mi madre, una nariz que a veces le producía complejo, a veces orgullo porque le daba una personalidad muy a la italiana. El punto rojo había ido creciendo y era necesario extirparlo, previno el doctor de su malignidad. El punto resultó ser la punta del iceberg. Lo que más le preocupó a mi madre era el aspecto que iba a tener después de eso. Tenía razón, porque cuando se quitó el parche, la cicatriz en

«L» era: de calcetín zurcido. No pensamos que aquello fuera a borrarse como aseguró el doctor, pero con las pomadas que se tenía que aplicar, para lo que ella era diligente, la tasajeada quedó como una línea discreta que el maquillaje fácilmente ocultaba. En su última revisión le preguntó al médico qué podía hacer para quitarse las arrugas de la parte superior del labio. *Son por demasiado fumar,* justificó su vanidad. El doctor desalentó la cirugía, pero recomendó a alguien que podía ayudar a desvanecer el fruncido que a mi madre le molestaba.

La viuda reina se quería hermosear; eso daba alegría y era de celebrarse a sus ochenta y seis años, cuando había sorteado otros males. Si mi padre le apostó al futuro con aquella petición locuaz del divorcio, mamá quería seguir lozana en los años venideros.

Aquellos domingos en que mi padre se salió de la vida familiar eran una losa pesada para mi madre. Especialmente para ella, porque los hijos teníamos cada uno nuestra vida. Mi hermano vivía fuera de la ciudad, y mi hermana y yo con nuestros maridos e hijos. Hacíamos planes para sacarla de la casa, que era el recordatorio persistente de su soledad. En esa ocasión no quitó el sillón de mi padre, ni achicó la cama, ni se deshizo de su ropa en el clóset. Había sitio para él, aunque poco a poco iba descubriendo las bondades de tomar decisiones, de no ajustarse a los horarios de la pareja, de tener amigas a las que les podía dedicar tiempo a placer. Asistía a clases de dibujo, aunque dibujaba mejor que la maestra; hacía pequeños cuadros: bodegones al pastel que vendía o regalaba. Cada uno de la familia tenemos un frutero, dos naranjas, un grupo de limones a lo Zurbarán dedicados por ella. Son la evidencia de que había encontrado una tabla de salvación en su propio talento.

Ese domingo fuimos al Museo Nacional de Arte. No recuerdo la exposición, en cambio veo con nitidez cuando salíamos por aquel vestíbulo espectacular del edificio decimonónico hacia la plancha de El Caballito. Nos animaba el efecto de salir al recreo después de una actividad compartida. Comeríamos en el centro, lo cual era un buen remate.

Mi hermana y yo reconocimos la altura de mi padre con una mujer también alta a su lado que venía directo hacia nosotros, sin habernos visto. Entraban a la exposición en el momento exacto en que nosotros salíamos. Ella llevaba una blusa roja: un capote de torero que presagia la sangre. Como jugadores de futbol americano, nos comunicamos sin palabras. Mi hermana tomó a mi madre de los hombros y la llevó a un costado del patio con un entusiasmo exagerado, mientras yo jalaba a los niños al lado contrario, porque ellos sin duda saludarían a su abuelo llenándolo de besos. Fue una jugada maestra y salvadora. Bajo la luz del sol en la explanada, miré sobre mi hombro cómo desaparecía mi padre descolocado de la familia. El suyo era un domingo de noviazgo, pero el nuestro había sido bombardeado por la felicidad ajena. Sé que el corazón se nos salía por la boca cuando rumbo al sitio donde comeríamos, mi hermana y yo intercambiamos una mirada de alivio. *Por poquito*, nos lo dijimos tiempo después. Habíamos salvado a nuestra madre de las púas de la realidad. Porque no es lo mismo saberlo que verlo. Reconocer su otra vida de frente. Es cierto que mi padre parecía un joven, y que alcancé a ver cómo sonreía mientras entraban al museo. Es cierto también que el arreglo de ella carecía del estilo casual y elegante de mi madre. Si las pudiera meter como actrices de una película, diría que «la otra» estaba en el reparto de una comedia gringa, y mi madre en el de una película francesa en blanco y negro.

Durante la comida fingíamos restarle importancia a aquel instante que desdobló nuestra realidad y que se impuso sobre la exposición visitada. Tengo la sospecha de que mi madre vio y se dio cuenta de lo que hicimos con ella, y que le pareció un acto de fineza para su alma, por lo que no iba a destruir el momento con la procacidad de su dolor. Tengo para mí que murió engañándonos de lo que creímos una reacción atinada para protegerla del instante. En realidad, si así fue, con su silencio ella nos cobijó de nuestro propio dolor. Nos dio un propósito superior a encarar la felicidad de mi padre lejos de nosotros y con otra pareja.

Parecía que en cada viaje que yo hacía, algo se descomponía en la salud de mis padres. Aunque bien mirado desde hoy, lo que pasa es que viajaba mucho. Los escritores viajamos, eso le traté de explicar a mi padre. Que no era yo, que muchos así vivíamos, incluso teníamos un verbo para ese andar trotando con nuestro nuevo libro de feria en feria: *palenquear*. Y a mí lo de poner un pie en polvareda me ha gustado desde los trece años que viajé a Oregon con la familia a quien solo conocíamos por las cartas que mandaba su hija, hasta que sus padres escribieron para invitarme.

No sé a qué viaje tenía planeado irme cuando mi padre me increpó en el hospital. Ahora comprendo su rabia, qué necesidad tenía yo de andar del tingo al tango dilapidando tiempo. Mientras mis padres, inmóviles, con poca arena en el reloj de cristal, deseaban vernos de cuando en cuando, de comer en familia.

Los percances graves de su deterioro me pescaban de viaje. Con mi madre, fue aquel Día de Reyes en que tomé un peque-ño avión de hélice con solo otra pasajera rumbo al puerto de Veracruz. Daría el primer curso de un diplomado en Creación Literaria, pasaría una semana en el lugar donde me hospeda-rían y daría la segunda parte del curso el siguiente fin de sema-na. Me habían conseguido un departamento en Boca del Río, con vista al mar pero con demasiado vidrio, como lo comprobé la primera noche en que se desató el norte. Había vivido alguno cuando mis hijas eran pequeñas, y nos daba risa que el viento inclinara sus cuerpecitos cuando paseábamos por el malecón. Pero aquel cielo oscuro, ese ulular del viento dispuesto a derribar ventanas no lo había vivido. Me refugié en la pequeña sala de aquel departamento porque en la habitación de grandes ventanales la amenaza atmosférica me aterraba. Hacía frío, me tuve que poner la chamarra con la que había salido de la ciudad y aguantar la amenaza del viento que a la mañana siguiente mostró su rudeza. El oleaje aún salpicaba la avenida del camellón como si quisiera saltarse las trancas, y unos pedruscos revelaban la fuerza de ese mar embravecido que no amedrentaba a los veracruzanos, acostumbrados a ello. *Pasará*, me dijeron los anfitriones. La velocidad del viento había sido de 80 km/h, más fuerte que lo usual. Hacía frío y el aire torcía las palmeras, la luz del día tranquilizaba porque se podía ver el vaivén que en la noche solo era sonido.

Quedé de verme con unos amigos en lo que había sido el Café de la Parroquia, ahora Café del Puerto. Hermoso espacio veteado por columnas delgadas de hierro, con el piso de mosaico antiguo, donde prevalecía un árbol de Navidad y un gran nacimiento que pronto sería removido. Una vitrina documentaba la historia del lugar con objetos de otra época, periódicos, papeles y una vieja máquina de escribir que me emocionaba. Alguna vez tuve dos de principios del siglo XX; conforme mis casas se achicaron, la idea de coleccionarlas se evaporó. Después de reclamar con el tintineo de la cuchara en el vaso, las dosis de leche humeante y esencia de café vertidas desde el largo cuello de las teteras de aluminio, sonó el teléfono. Era mi hermana, mamá se había puesto mal, la tenían que hospitalizar: tenía neumonía. Esa neumonía antes de que papá enfermara. Recibir una noticia así te parece el colofón de la tormenta ventosa. Avisas a los que te rodean que es urgente regresar a México. El viento sigue, te da miedo el avión y la salud de tu madre. Te da miedo su muerte. Tienes urgencia, una urgencia que llena de espesa saliva la boca, de espuma el gaznate. Como si te ahogaras. Intentas llamar a las líneas aéreas, pero tus amigos piden a su hija que haga eso por ti. *Es muy hábil con el internet,* explican. Como es domingo no hay boletos, será a la mañana siguiente. ¿Por qué no tomaste el autobús y regresaste en carretera? No podías concentrarte en la conversación de los que te acompañaban en la mesa, no podías atender su generosa disposición a allanarte el tiempo. Cancelaste el resto del curso, perpleja por la exigencia para definir cuándo continuarías. No tenías respuesta.

El mal dormir de la noche sumado al insomnio por el viento la víspera te dejó maltrecha. Del aeropuerto tomaste un taxi al hospital. Habías salido de la ciudad en enero, pensando que era una buena combinación dar el curso durante la vacación universitaria, el disfrute del puerto y su comida, su música, su café, escribir. Pero ahora el puerto equivalía a la oscuridad del norte que parecía haber presagiado ese mes incierto.

El mes de su penúltimo cumpleaños.

Mi madre no quería pasar otro enero en la Ciudad de México. Le habían dicho los doctores que huyera del frío pues precisamente, un año atrás, la neumonía la llevó al hospital. Así que preparamos todo para disfrutar el mes en la hermosísima casa de nuestra amiga, remodelada con un proyecto audaz de nuestro amigo Andrés Casillas. La vista del mar se incrustaba por cada ventana, los techos que se veían desde diferentes niveles estaban habitados por plantas, y la alberca protegida por una vela de barco sombreaba la terraza. La otra pequeña alberca daba la impresión de estar adentro de la sala y proyectarse hacia el peñasco que bordeaba el océano Pacífico. Sin mi padre, pues habíamos estado ahí otras veces, era una estancia diferente. Pero mamá, como reina viuda, había costeado el traslado de sus invitados, colocado a cada uno de sus hijos y nietos y sus parejas en una habitación y previsto los alimentos y las bebidas de los diferentes días en que podían acompañarla unos u otros, coincidiendo la mayoría en la fecha de su cumpleaños. Invitamos a una de las amigas de mi madre, su contemporánea, para que estuviera con ella la última semana en que ya nadie podía. Pero hicimos maromas, y no muchas, para también quedarnos mi hermana y yo esa última semana. Tal vez husmeábamos, aunque no había indicios de ello, que era el último cumpleaños de mi madre.

Los desayunos se prolongaban flojeando en una larga sobremesa entre cafés que acercaban la hora del aperitivo. Mi madre se liberaba de usar oxígeno al nivel del mar. El calor le sentaba bien, sobre todo la compañía, y lo mismo nos ocurría a todos. Estuviera quien estuviera, cuando llegaba la hora de la puesta del sol salíamos de la alberca y envueltos en toallas, en aquella esquina de la terraza, esperábamos con avidez el puntual paso de los dos yates que llevaban pasajeros a contemplar el esplendor del crepúsculo de Acapulco. Pasaban por La Quebrada hacia Pie de la Cuesta donde, cuando éramos niñas, era tradicional ver el atardecer tras aquella cortina de agua de las robustas olas en mar abierto. Entonces habíamos subido, por insistencia nuestra y para pesar de nuestros padres, al yate *Fiesta,* porque los vendedores sabían hacer su chamba en la playa de Hornitos, y lo ofrecían como una aventura inusual.

Con sus grandes altavoces, el yate *Fiesta* y otro más al atardecer señalaban a la derecha *la casa donde había vivido Dolores del Río.* Era la casa contigua a la que ocupábamos. Desde el funicular que descendía a los diferentes niveles podíamos ver los rieles que habían movido a la actriz y su gente, las habitaciones en la parte alta, la alberca de riñón vacía y protegida por una balaustrada de un glamur percudido, y luego las escaleras de piedra que llegaban hasta el borde del mar donde persistía aquel hueco entre las rocas, en algún tiempo lleno de agua de mar. La grandeza desvencijada produce una morbosa atracción. A mí me gustaba sospechar lo que pudo haber sido, no por estar en aquellos tiempos en que Hollywood se mudó a Acapulco, sino porque su abandono la hacía mucho más humana. Alguien venido a menos, envejecido. La casa era un recordatorio inmutable de nuestro destino.

En esta ocasión la casa de Acapulco ya no era el lugar donde mi padre se desmayó y mi hermana tuvo que ver cómo lo subían a pie de calle y lo trasladaban al hospital. Era una cita para celebrar a mi madre, la estrella alrededor de la que todos girábamos. Parecía que teníamos permiso de gozar la vida;

ella sobre todo. Y lo hacíamos. Los tiempos vacacionales en lugares hermosos, que muchas veces nos procuraron nuestros padres, me recordaban la llegada de aquella familia al balneario en Venecia en la película *Muerte en Venecia*. Siempre pensé que mamá tenía algo de Marisa Berenson, aunque ella presumía su parecido con Anouk Aimeé, o con Vanessa Redgrave en *Blow-Up*, porque así se lo habían dicho los demás. Lo cierto es que mi madre poseía una belleza sofisticada y misteriosa. Y aunque ella insistía en que ojalá, cuando naciera mi primera hija, no se asemejara a ella ni a mi suegro (consideraba que eran los feos de las dos familias), la verdad es que, sin tener facciones menudas o clásicas, no pasaba desapercibida. Su arreglo era imaginativo; podía hacer de una mascada una blusa, un aditamento de bolsa, un cinturón, y su sentido del humor y su gracia, en sus mejores momentos, la hermoseaban.

Aquella vacación tres ballenas recorrieron el tramo entre la costa y la isla de la Roqueta. En una especie de danza jubilosa, una de ellas erguía el lomo negro lustrado y la cabeza, luego otra, después la tercera, a veces dos al mismo tiempo motivadas por el horizonte hacia donde se dirigían. En la cena de su cumpleaños, muy bien atendidos por el personal, después de que llevamos el pastel a la mesa y cantamos *Las mañanitas*, mi madre pidió a su nieta, mi hija menor, que cantara *Atotonilco*. Cuando llegó a México por barco desde España, fue una de las primeras canciones que se aprendió de niña. Mi hija cantó a capela con esa manera suya de sacar el corazón por la garganta. Todos guardamos silencio y apresamos en fotos a mi madre, que contemplaba conmovida ese canto regalo para ella, la única viva de la familia que llegó en el *Orinoco* en julio de 1937.

De haber sabido que, tres meses después, abril hincaría su diente cruel saboteando el esplendor de mi madre aquel último enero de su vida, tal vez nos hubiéramos quedado para siempre mirando los atardeceres, extendiendo los desayunos y escuchando *Atotonilco*.

De mamá niña hay más fotos que de papá. Pero fueron tomadas antes de la llegada a México, en sus primeros cinco años. El óvalo donde ella está sentada de bebé la muestra vivaz, con las rodajas jugosas en su cuerpecito, una boca brillante y suelta, los ojos oscuros e intensos. Si comparo su foto con la de mi padre bebé acostado en el mantón, descubro la diferencia en sus miradas. La de mi padre es nostálgica, la de mi madre curiosa. Luego está una de esas fotos retocadas en estudio de los tres hermanos en el Parque del Retiro. Hay un orden en la entrada a la escena de la vida y un desorden en la retirada. El hermano mayor de mi madre fue el primero en morir, pero el menor le siguió; ella, la de enmedio, la última. En la foto están sentados en orden de aparición. Son niños muy españoles, ellos con el pantalón corto, mi madre con un vestido muy fresco que tal vez le confeccionó mi abuela. Llevan zapatos sin calcetines. Parece verano, parecen felices. No hay presagio de la guerra ni del exilio.

Hay una foto pequeña donde mi madre corre con sus piernas delgadas en un parque, mi abuela detrás de ella. Están en París, donde se quedaron un tiempo con la prima de mi abuela, antes de embarcarse en Cherburgo para México. No queda nada de sus cuajaretas de bebé, es flacucha. Corre, sonríe, mi abuela también. Quizás se sienten más cerca de llegar con mi abuelo porque han salido de España en medio de la

147

guerra. Mi madre es un junco. Debe ser junio porque en julio llegaron a Veracruz.

La otra es a bordo del barco que trajo a mi abuela y a sus tres hijos a México. En el *Orinoco* organizaban divertimentos para los niños. Por eso mi madre aparece en la foto disfrazada de manola con una mantilla oscura y una peineta que debió llevar mi abuela en la maleta y con la que improvisó el disfraz para la ocasión. En la foto, mi madre intenta morder una manzana que pende de un hilo y es curioso ver su actitud infantil con ese disfraz severo, casi goyesco. Mi madre tenía recuerdos del barco. Nos contaba del tiro que se escuchó a bordo y cómo encontraron en uno de los camarotes a un pasajero muerto por mano propia. ¿Alguien se sube a un barco para suicidarse? ¿Qué explicación le habrá dado su madre? O tal vez, como en aquel cuento de Hemingway, mientras ella estuviera a su lado no había a qué temerle.

Las demás imágenes se construyen en el anecdotario que mi madre proveía. Las sanguijuelas que se le pegaban en las piernas cuando cruzaba los canales de riego allá en Los Mochis. La jaula de pájaros que convirtió en casa de muñecas, construyendo a los personajes y el mobiliario en papel y cartón. Del recuerdo gráfico de su infancia hay un salto a la juventud, cuando es estudiante de la Universidad Femenina y aparece con el pelo rizado a la moda de los cincuenta en el título que da cuenta de su formación. Curioso que en su familia solo su madre, como modista, y ella como decoradora de interiores concluyeron su preparación. Los tres hombres la abandonaron.

Antes de las fotos en donde ya aparece mi padre, me llama la atención aquella en que luce un vestido *strapless* con falda de vuelo. Está sentada con las manos sobre los muslos, con una tímida hermosura, al lado de mi abuelo en una cena donde celebran su trabajo conjunto en el hotel Inglaterra en Tampico. Para la remodelación, mi madre diseñó algunos muebles; mi abuelo, la iluminación. La foto es inusual porque es inusual esa cercanía. Mi abuelo siempre se iba, como se fue de España adelantándose a México para trabajar en proyectos agrícolas. Por eso la colaboración profesional padre-hija me hace pensar que el abuelo reconocía el talento de su hija, a pesar de que no le había permitido estudiar pintura en San Carlos, como ella deseaba. Nunca pudo borrarse una distancia tensa, una relación empedrada porque mi madre siempre fue aliada de mi abuela. Y quién no, si era dulce y alegre.

Esta foto no existe:

Mamá se topó con sus muebles sobre la acera ajardinada de Reforma. Regresaba de la Academia Hispano-Mexicana cuando encontró a su madre sentada sobre el sillón (un sillón fuera de lugar como el de la foto mía después del temblor). Reconoció la mesa redonda donde comían la pepitoria del abuelo, el café con leche y pan sopeado de la mañana. Los cuadros de marinas pintadas por su padre apiñados en el brazo del sofá. Los colchones de las camas uno encima del otro y, en el de hasta arriba, el filo ondulado y seco de orina vieja. Miró alrededor, como si estuviera desnuda. La intimidad de la familia estaba expuesta al escrutinio de todos. Sintió un mareo y se sentó al lado de su madre. Se recargó en su hombro.

—Ya encontraremos casa, hija. Si hemos vivido una guerra.

Se arrellanó en el cuerpo mullido de su madre. Sabía que tenían rentas retrasadas. Todo el tiempo se hablaba de ello, y el sueldo de modista de la madre no alcanzaba. O comían o pagaban renta. Y el padre se había ido de nuevo a trabajar en el ingenio, mandaría el dinero pronto. Eso le decía siempre su madre. Aun en Madrid y en Valencia, cuando necesitaban que llegara ese dinero desde México para comer, y luego cuando empezó la guerra, para poder partir. *Mandará el dinero pronto*. Las miradas de los curiosos las asfixiaban. *Mandará el dinero pronto*. Mi madre niña hizo la cara hacia atrás y empezó a tararear una canción que le daba alegría: *La violetera*. Siempre le funcionaba.

—No te preocupes, hija, tenemos amigos.

No le preocupaba la casa, lo más grave era lo que estaba pasando. La humillación.

La verdad de nuestro carácter sale a relucir en los momentos más inesperados; es una de las pistas para construir personajes para el cine o para las novelas. Los personajes que han sido caracterizados minuciosamente a lo largo de varios capítulos, de pronto, en una situación extrema, actúan de forma sorpresiva. Aun para ellos mismos. Ese es su verdadero carácter. Son los personajes multidimensionales, bajo presión no son predecibles. Como nosotros. En la vida no es muy frecuente la oportunidad de saber que el egoísmo mata a la gentileza. Lo descubrí acompañando a mi madre en su nuevo departamento en el cuarto piso.

Sonó la alerta sísmica cuando estábamos juntas en esa pequeña sala adyacente a la cama. Ahí pasaba mi madre la mayor parte del tiempo respirando por el condensador de oxígeno que no solo le recordaba su dependencia, sino que afeaba el espacio con su voluminosa presencia azul plástico. Como un animal al que han aluzado con una linterna y están a punto de tirarle, me quedé muda. No supe si ella escuchó la alarma con los nuevos aparatos de oídos con que controlaba el ruido cercano y lejano. *La alerta sísmica,* le dije. No se intranquilizó, quizá porque el temblor del 85 no fue su experiencia directa. Pero sí la mía. Mi marido y yo salimos del edificio en la colonia Juárez para no volver, nueve días antes de que naciera nuestra primera hija. Solo hay sesenta segundos para ponerse a salvo.

Mi corazón latía desbocado. *Mamá, te dejo aquí y voy a bajar.* Lo afirmaba, pero estaba pidiendo su consentimiento, que me absolviera. *Ve, hija, ve.* Corrí a la salida del departamento. No me esperé a que mi madre se colocara cerca de los elevadores porque significaba mudarse al oxígeno portátil. Bajé a toda velocidad los cuatro pisos de escalera. Cuando llegué al centro de la calle ya había otras personas. No estaba el anciano en silla de ruedas cuyo hijo vivía con él, tampoco la enfermera que lo acompañaba. Habíamos dejado a los más vulnerables a su suerte. Mi corazón estaba atento al rugido de la tierra en ese vaivén suave, sin tronido, casi mecedor, que me aparejó con los desconocidos de un edificio, que nos descubríamos en un avispero asustado.

Con la quijada apretada y las manos tensas no iba a decirles a los demás que había dejado a una mujer mayor que usaba oxígeno suplementario, que no oía ni veía bien, a merced de los vaivenes de la tierra. En todo caso la había dejado enfrentándose a la muerte en solitario. Después de varios minutos de que el movimiento se serenó, subí cabizbaja, aliviada de que el temblor hubiera cesado su agresión, pero avergonzada por mi arrebato. Cuando llegué a su lado le pregunté si estaba bien, me dijo que sí. *Espero que me comprendas*, le dije, *pero si tiembla yo siempre voy a salir corriendo y no te voy a esperar.*

Ese es mi verdadero carácter ante los sismos, tal vez ante cualquier adversidad.

Mi madre quería controlar algunas reacciones de sus hijos. *No le digas a tu padre esto y lo otro, no digas que yo te he dicho...* Era sobre todo con mi padre que había que cuidar que no le llegaran ciertas quejas, esencialmente sobre el dinero que no le alcanzaba, sobre alguna prenda que se había comprado. Que mejor dijera que yo se la había regalado, o que si ella me hacía un regalo no lo comentara, y que no mencionara que le prestaba yo dinero para pagarle a la señora que trabajaba en casa porque ella, a su vez, le había prestado para completar la semana. Nada de esto lo debía saber mi padre. Había un discurso fuera del agua y otro debajo de ella. Y cuando yo la azuzaba y le decía *dile que no te alcanza,* o incluso me atrevía a interceder por ella, echaba leña al fuego, porque peticiones como esa no tenían solución. Mi padre administraba el dinero a su forma, era su habilidad y divisa en la vida, y aunque mesurado en la casa, era espléndido en los viajes o los regalos que le hacía a mi madre, también a mí. A mis cuarenta y cinco años me compró un coche. Cuando le di las gracias, mi madre se ofendió: *Fuimos los dos,* dijo. Tenía razón, pero sabíamos que el flujo del dinero era voluntad de mi padre, aunque lo produjera el trabajo de los dos.

Mi padre comenzó a perder sus facultades administrativas en los últimos meses de vida; mamá, en cambio, no perdió su afán de paz, que funcionaba a través del ocultamiento. Ella quería mantener el orden de las cosas, como el orden de las casas. Lo entiendo, solo que me daba coraje que me impusiera el guion de lo que tendría que decir a mi padre. Es cierto que a veces quería aliviar a mi madre, y le pagaba la tarjeta de crédito o le compraba algo con la mía. Pero en otras ocasiones me irritaba la obligación de mentir para dejar las aguas quietas. Aunque no le faltaba razón. Así había sido el último diálogo con mi padre cuando ella pidió que vendiera la propiedad para poder pagar el hospital y los gastos que seguramente vendrían, y ante la inamovible negativa de mi padre vino aquella petición del divorcio, dos días antes de morir. Es cierto, tenía su modo, y este se había recrudecido con los años, como me está pasando a mí. A veces actúo como mi padre: *Todo lo quieres discutir*, me decía, *quieres tener la razón*. De tal palo tal astilla, pienso ahora.

Por eso aquella llamada de mi madre, tan desazonada, fue dolorosa. Un querido amigo de la familia funcionaba como mediador y consejero de la familia en atención a ella, después de la ausencia de mi padre. Un hombre inteligente, sensato y cabal al que siempre ha sido un placer escuchar. Eso no significaba que en las decisiones de familia todos concordáramos. Los hermanos empezamos a tener posturas diferentes respecto al destino de los bienes, éramos parte de una sociedad que mi padre había formado bajo el erróneo consejo de alguien. Eso llevó a tensas y desagradables discusiones frente al amigo consejero, que participaba en ellas con discreción y respeto. Él no quería estar más en medio de lo que a veces derivaba en insultos y llantos.

Mi madre me habló a una hora desacostumbrada del día, sin preguntar si estaba ocupada, como siempre hacía, y con un tono de voz en la cresta del llanto me increpó. Si ella perdía a su amigo, a su único amigo, por nosotros, no me lo perdonaría. Yo traté de intercalar alguna palabra, de decirle que estuviera tranquila, que no quería que perdiera a su amigo, que simplemente los hermanos no estábamos de acuerdo en algunas cosas. Pero ella no me escuchaba, como una niña a la que le han arrebatado los juguetes que se tienen que quedar en Madrid mientras ella se embarca a México, no paraba de reprocharme hasta que me colgó.

Mamá me acusaba del agravio. No comprendía el disentir y expresar opiniones distintas sin que eso fuera motivo de ruptura. Tal vez le venía de la inestable relación entre su madre y su padre. Tantas veces mi abuela se desahogó con su hija. No lo sé. Cada uno encontramos nuestras formas de sobrevivir. Y su querido amigo, un contemporáneo, era lo poco que le quedaba.

La secuencia del desplome de mi madre me es confusa. Ahora que lo escribo advierto que todo sucedió en dos meses. Mientras lo viví, contravine ese despeñadero del tiempo para fingir normalidad. El guion ya existe y sin embargo escribir es recuperar lo perdido, los días antes de la orfandad absoluta, cuando todavía podía pronunciar la palabra *mamá* con esas vocales abiertas, orgullosas y frontales. Cuando al decirla la arropaba a ella y me arropaba yo, porque existía la palabra vínculo de vida. Quiero estar en el momento anterior a que la palabra se estrelle en la penumbra, se detenga confundida en la superficie de los marcos donde habita conmigo, con mi padre o sola. *Mamá.*

Estoy en la cúpula abierta al cielo que diseñó James Turrell en el parque botánico de Culiacán. La cita es previa al amanecer. Las personas que viviríamos esta experiencia llegamos en la oscuridad; una vez que entramos a ese huevo sembrado en la tierra, en el trópico voluptuoso y violento de la capital sinaloense, el grupo se borra. A pesar de los que me rodean, estoy a solas frente a algo inalcanzable: el misterio. Esa sensación de comunión con la belleza y lo grande no me es frecuente en un recinto cerrado. Ocurre sin esfuerzo frente al espectáculo de la naturaleza desnuda. Lo he sentido en la Mezquita de la Cisterna en Estambul, en ese paseo líquido a media luz entre columnas de todos estilos y frente a la cabeza de Medusa recostada sobre una mejilla. El fondo acuoso le cubre los rizos de su castigo y me acompaña con el ojo a salvo de la inundación. Lo he sentido en la capilla de Rothko, en Houston, construida en medio de un jardín donde una sencilla cúpula custodia cuatro lienzos en negro morado sobre los muros cardinales. Frente a ellos, una banca y un cojinete para hincarse invitan a la reverencia, sin dios específico, sin liturgia o época; son una boya generosa entre la vida y la muerte.

En medio del jardín botánico, la propuesta de Turrell se abre a la última oscuridad del día en el cielo de Culiacán. Nos extendemos sobre el piso o en las bancas duras y frías a esa hora, pero olvidamos nuestro cuerpo mientras la proyección de luces de colores alrededor de aquel iris gigante nos propone un diálogo con la tímida irrupción del sol. Intento descifrar el orden de las luces, el patrón de su concurrencia —amarillo rosa morado verde azul rojo amarillo durazno azul morado— frente a la pupila conectada al cosmos. Acabo rindiendo mi racionalidad a la coreografía emotiva que me abre en canal. Lloro. Estoy sola dentro de aquel gran ojo, no presagio que más tarde recibiré una llamada de alerta. Mi madre ha sido hospitalizada porque el sodio ha bajado a límites peligrosos. Está débil, confusa, casi gris. El trance de la belleza culmina cuando el ojo del que emerjo me revela la franca presencia del sol. No soy un animal observante ni floto en el diálogo de la luz. Soy un animal que olfatea el peligro, que tensa los músculos, que consigue un boleto de avión para regresar lo antes posible al mundo de carne y hueso, del equilibrio de minerales en la sangre, de la hemoglobina que acarrea oxígeno, de la gráfica luminosa que revela los signos vitales frente a una cama que no se abre al cielo, sino a las calles de la urbe, coronada por un enjambre de cables donde es difícil acomodar la esperanza.

Con mamá no era difícil identificar las partes del cuerpo que me había heredado. El cuello largo para empezar, la cabeza pequeña que siempre nos atormentaba porque parecía la de un alfiler. De vivir en tiempos en donde el sombrero era indispensable, hubiéramos compensado la desproporción. Mamá no soportaba que le tocaran la cabeza, no sé si tendría que ver con que la raparon de niña porque tenía piojos como otros compañeros suyos del recién inaugurado Colegio Madrid, donde asistieron los niños del exilio español. Era imposible intentar acomodarle el pelo si acaso queríamos, y mucho menos usar su cepillo. Lo resguardaba como si fuera una joya. Su cepillo era para ella y no toleraba que cabellera ajena hubiese intimado con el único autorizado a peinar la suya.

Suyas son mis manos largas, huesudas, que muestran con descaro el verdor enramado de las venas. A veces las muevo frente a mí, o las miro reposando sobre el regazo, o tomando la taza de café por el asa, como mamá siempre me lo indicó, y la veo a ella. Pero las manos de mamá se estaban deformando con la artritis. A su padre también le pasó y había que traer un tipo de aspirina de Estados Unidos, si es que alguien viajaba a ese país. Lo de mi madre era leve, sobre todo a la luz de otros desgastes mayores: el de la vista, el del oído. Sus letras crecían, casi una página de cuaderno por palabra. Dibujar ya no le era posible. ¿Qué pasa cuando el cuerpo y la mente se divorcian?

La cabeza quiere apresar un rostro, el cuerpo no lo deja. ¿Y si mi cuerpo se niega a plasmar palabras con las que imagino? Si eso es la vejez, me aterra.

Los pies de mamá también eran largos y huesudos y era la que usaba zapatos más grandes antes de que mi hija mayor se volviera una adulta y nos ganara a todas. Su pie izquierdo padecía esa protuberancia muy cerca del dedo gordo que se suele llamar juanete, que deforma zapatos, que no tolera otros y que nos hacía gracia llevara el nombre de su madre y su hermano, que habían sido todo menos incómodos. La abuela también lo padeció. *Vaya mierda de herencia*, se quejaba mi madre como se queja mi hermana. Nunca sabemos qué parte del cuerpo de nuestros antecesores será nuestro rompecabezas genético.

Cuando mi madre me pasaba alguna prenda nos dábamos cuenta de que sus brazos eran largos y los míos cortos, que mi talle era largo y el suyo corto. De los pantalones no había ni que considerar su reciclamiento, porque si me quedaban de la cintura, me aprisionaban los muslos. Nos gustaba reírnos de las diferencias de nuestra estructura. Mi madre tenía un ojo preciso para comprarnos ropa a mi hermana y a mí cuando estaba de viaje. No solo era la que nos gustaba, sino que nos quedaba pintada. Bueno, lo suyo era eso. En el negocio familiar, cuando las clientas se probaban aquellos pantalones de cuero, si no se les veían bien, se los decía. Algunas mujeres se ofendían, otras volvían porque le creían. Mi madre supo aderezar su figura para esconder las rodillas que no le gustaban, para exaltar su cintura breve, sus brazos esbeltos, sus hombros finos, el cuello de cisne y la larga nariz. Aprendió una sofisticación discreta. Aquella que lució hasta el único instante donde la traicionó su decrepitud y el tamaño de su nariz: la muerte.

Son las seis de la mañana, las palabras me arrastran fuera de la cama. Necesitan ser escritas, porque he visto la escena de nuevo, he estado en el lugar y la emoción.

Las horas tempranas me gustan y aun en el hospital había ese momento a solas. Aunque la vida que ocurría allí adentro no se parecía a la de afuera: luces, números y gráficas de aparatos a los que estaba conectada mamá, la silueta poco amable de la cama metálica decorada con advertencias y el temor de que la puerta se abra con una nueva enfermera empujando el medidor de presión que rueda con el falso sonido de acercar helados, golosinas. Pero si yo me incorporaba de la cama provisional en el sillón y levantaba una orilla de la cortina plástica que había atajado las luces y algo del frío de la noche, podía inmiscuirme en el amanecer en la Ciudad de México. El cuarto de mamá daba al oriente y desde ese piso elevado revelaba la escuela contigua. A esa hora de rosado brumoso el patio era un fantasma, ajeno a la luz que despuntaba en el horizonte. Ver el amanecer es ser testigo de cómo la luz despoja de secretos cualquier cosa. Incluso a una. Las viviendas que rodeaban al hospital revelaban una urbanización popular, un barrio venido a menos. También se había vuelto una zona peligrosa, con bandas, donde intentaron romper el cristal de la ventanilla del lado derecho de mi auto, y de lo único que me percaté fue de una explosión inusual y la silueta de un hombre que corría. No pudo romper el vidrio para llevarse mi bolsa que estaba en el piso. Bajo el amanecer, sobre los tejados y el patio escolar, el barrio respiraba una apacibilidad que confortaba.

Era urgente elevar el nivel de sodio en la sangre de mamá. Al rato vendría mi hermana y yo partiría al aeropuerto para la presentación de mi libro en León. Mis cuentos reunidos. Una chica, lectora joven, era la encargada de acompañarme con sus comentarios. Saboreaba la posibilidad de alejarme de la *no vida* hospitalaria y volver al día siguiente. Tener veinticuatro horas de retorno a mí misma, y al tiempo condensado en esos cuentos de tres décadas. Deseaba mudar de la hija a la escritora.

Entraron para las valoraciones de rutina, acompañaron a mi madre al baño, cuando volvió me pidió que despejara la ventana; el patio escolar se llenaba de niños de uniforme azul marino. Como las ventanas están bien selladas, por cualquier exabrupto del paciente, no podía escuchar el bullicio mañanero del encuentro en el patio. Los vi formarse como yo en mis años de escuela, tomar distancia y avanzar lentamente hacia sus salones en aquel edificio de dos pisos. Mamá me animó a ir por mi café para comenzar el día. Le conté que había podido ver el amanecer. Insistía: *Vete por tu café, ¿no te tienes que ir al aeropuerto?* Acerqué la mesa auxiliar a mi madre, le puse almohadas detrás para que estuviera más cerca de la charola del desayuno. Quité a cada plato los forros que protegían los alimentos, le puse azúcar a su té y lo decidí. Hice dos llamadas: a mi hermana para que se lo tomara con calma porque no me iría, y a mis editores, contando las razones. Y luego pedí los datos de la chica, le escribiría un correo. No quería fallarle especialmente a ella que había preparado un comentario. La decisión respondía a un instinto, sabía dónde era mi lugar en ese momento. La vida afuera me había dado una razón para acompañar la vida dentro del hospital. El vínculo animal me colocaba al lado de mi madre con toda naturalidad. Puse a la

164

escritora en punto muerto y asumí a la hija. No era lo mismo ir a descansar a la casa que estar a kilómetros de distancia.

Cuando volví aquella noche mamá me dijo que le daba gusto que estuviera ahí, preguntó si no había tenido problemas por la cancelación. Se sentía culpable, como es propio de algunas madres. Disipé su sensación. Yo también estaba feliz de pasar la noche con ella. Quizás el cuerpo sabe más que la razón y actúa en consecuencia. Quizás las dos intuíamos la posibilidad del final anticipado. Esa noche, de pie junto a su cama, me dijo que había tenido una buena vida, que sus padres habían sido buenas personas. A mi padre lo había perdonado, porque si no, no le hubiera permitido volver a casa. Extrañaba a su amiga Pilar. No sabía por qué me lo contaba, me dio la sensación de que se lo decía a sí misma. Que compartía sus pensamientos para confortarme del miedo que ella adivinaba.

Una madre lo es hasta su último suspiro.

Mamá ya había muerto en una ocasión anterior. No me refiero al intento de suicidio secreto y brutal, solo dos líneas como pulseras delicadas en el interior de sus muñecas, sino en la casa de San Ángel, cuando estuvo separada de mi padre. El departamento estaba sobre la tienda que tenían y que les daba para vivir. Yo lo había estrenado con mi familia después del temblor del 85, en el supuesto de que podría administrar aquella elegante tienda de artículos de piel viviendo en el piso superior de esa casa, y además atender a mis hijas, disfrutar la vida familiar y tener tiempo para escribir. La escritura fue la gran sacrificada. Ellos se mudaron ahí cuando vendieron la casa de Coyoacán: el último bastión del paraíso. Recoger lo último que quedaba de esa casa, cuando la mudanza ya se había llevado todo rastro de treinta años de habitarla, fue contemplar el campo de la batalla perdida. Lo que aún quedaba mío parecía propio de los soldados vencidos: la tienda de campaña que no volví a usar, los *sleeping bags* que se volvieron cobertores para las visitas, una mochila de montaña que mi espalda desconoció. La casa, sostenida por el trabajo de mis padres en el negocio de confección peletera fina, tenía que intercambiarse por dinero. Las cosas no marchaban. Mi padre se había hartado, se iba al hipódromo, desatendía, y en algún momento empezó a atender a otra mujer. Primero de lejos, después ya mudados mis padres a San Ángel, partió a Cuernavaca y dejó a mi madre como un cuadro de Matisse, pero sin colores: «Mujer sobre sillón mirando la terraza».

Entré al luminoso espacio del estudio, donde la cabeza de mi madre sobresalía por un costado del sillón donde estaba tumbada. Me recibió un gran silencio. No me atreví a romperlo y me quedé un rato observando desde la puerta cómo mi madre jalaba de su cabello castaño y espeso y lo arrancaba. Cuánto tiempo llevaría tirándose del pelo, absorta. No había música, como solía gustarle a ella. Tampoco estaba el televisor encendido.

Por fin digo: *Hola, mamá. Hola, hija,* me contesta incorporándose muy lentamente, como si una fatiga la hubiera anclado a la loneta amarilla del *love seat,* un sillón para dos como indica el nombre en inglés. Pero mi madre está sola y lo ocupa todo, como ocupa la cama *queen size* en el resto de esa recámara suite, que ahora es toda suya. Siento el despropósito del espacio y me contagio de la tristeza por la ausencia de mi padre. Pero sé que no debo ahondar el pozo, entonces me siento en el sillón de pana de mi padre y le cuento cosas. Seguramente hablo de mis hijas, le comparto sus logros. Alguna cosa graciosa, algo del trabajo mío. Hago mía su fatiga y las palabras van saliendo como extraídas por un sacamuelas, atropelladamente. La miro buscando auxilio en su mirada, pero me topo con el extravío. Los ojos colocados en un horizonte difuso que no son las macetas de los helechos frondosos en la pequeña terraza tras la ventana. Quiero convocarla a la vida, pero me va arrastrando su apatía, su distancia. No está ahí. No está conmigo. Ahora la ausencia de mi padre me pega por partida doble, ha secuestrado el ánimo de mi madre, su función de madre. No puedo arroparla porque me siento expulsada. Como si todo lo que importara fuera que mi padre se ha ido y que ella está sola. No puedo ver detrás de esa mirada hueca, tampoco de esas palabras que ni siquiera formulan una respuesta cortés como fingimiento de la distancia. El burbujeo que yo debía llevar para ventilar los pesares de mi madre se vuelve un lastre.

Un peso enorme me sume en el sillón que yo ocupo como una pobre sustitución del hombre que ella ama.

Me siento huérfana. Me da rabia tanto amor. Mi madre no está ahí.

La deficiencia del cloruro de sodio, sal, fue el primer aviso, la bandera de auxilio de un cuerpo que aún no sabíamos que se iba al abismo. Hay una ironía cruel en la palabra *sal*, porque cuando leíamos las cartas de su madre durante la guerra, desde Madrid, a su padre en México, mi abuela decía que su hija tenía mucho salero. Bonita palabra castiza. Aquí en México no la utilizamos así, en cambio nos referimos a una situación incómoda, cuando se está en medio de algo, como *quedarse de salero*. Pero el salero a la española es la gracia. Mi mamá era una niña graciosa, y esa virtud la extendió a lo largo de su vida, incluso para capotear la tragedia y los desastres.

Las bajas del cloruro de sodio aparecieron inesperadamente. Primero pensamos que habían sido las quesadillas de un festejo porque la grasa le caía mal. Entre la colección de problemas de salud, de los que mi madre no se quejaba, estaba una vieja hernia hiatal que cada vez le daba más lata, al punto que tenía que dormir en la cama ligeramente inclinada como en una suave resbaladilla, para no padecer los malestares, casi ahogos, del reflujo. Los análisis clínicos, ante su debilidad extrema, revelaron la conducta mineral de su cuerpo. Le recetaron unas pastillas enormes, como los trozos de sal que les dan a los caballos, que lograron equilibrarla, darle energía y deseos de hacer algo que le gustaba mucho: pasear en centros comerciales. Esos espacios ofrecían un terreno plano, elevadores, y ella se sentía segura, aunque no comprara, soñando con muebles que pondría en su casa, almohadones para las camas, servilletas para la mesa. Le daban una sensación de bienvivir. Aunque no apreciara los detalles por aquellas máculas en sus ojos —una contenida con una inyección que se repetía cuatro veces al año, la otra en franca degeneración—, disfrutaba mirar lo que podía mirar.

Cuando la sal le dio la fortaleza iónica necesaria, fuimos de paseo a la plaza recién abierta en Coyoacán que es al aire libre, tiene cascadas al fondo, y está en el barrio de la antigua casa familiar. A mi madre le gustaba ir de *window shopping* (no encuentro la traducción precisa para un mirar escaparates con deseo de compra). Durante muchos años puso los escaparates de las tiendas que tuvieron; había encerrado su talento y su locura creativa en estas cajas acristaladas de la calle de la Zona Rosa, en Polanco y en San Ángel. Su vocación era estética, su talento salvaje. En los tiempos que siguieron, sus escaparates hubieran sido aplaudidas instalaciones.

Mis hijas y yo teníamos sed de disfrutarla. La habíamos visto caer en los meses anteriores. Como nos tenía acostumbradas a la recuperación, a iluminar los días, no quisimos sospechar lo peor. Mi hija menor le mostró una caseta donde vendían cosméticos y entre ellos un tubo de labios indeleble. *No se te borra en todo el día, abuela.* A ella y a todas nos fascinó la idea de tener una boca colorida y lustrosa a lo largo de las horas en que estuviéramos despiertas. Escogimos el color de cada cual, la una asesorando a la otra; las cuatro salimos festejando aquella compra que mi madre invitó.

La recogí días después para otra salida. Cuando subió al auto noté algo raro en su cara. *A ver, mamá.* Un perfil lucía perfectamente colorido, el otro no. *Mamá, te pintaste media boca.* Pero había usado el tubo de labios nuevo, el que no se quitaba en todo el día y lo había dejado en casa. No había manera de borrar la media boca ni de acabar de pintar el otro lado. Entonces me acordé de aquello que siempre contaba, ella tan preocupada de verse bien. Recién casada había ido de compras con uno de sus sobrinos, y mientras subía la escalera eléctrica advirtió que tenía un zapato de un color y otro de otro. Se rieron mucho. Pero esta vez mamá se molestó con ella misma. Ese ridículo no le gustaba. Saqué un tubo de labios mío e intenté mejorar el desperfecto.

Cuando se lo conté a mis hijas, nos reímos las tres (aún lo hacemos). Mi madre era tan presumida. Nos gustó su deseo y el atrevimiento de usar aquel tubo de labios. Valía media boca despintada.

El sonido de una botella chocando contra la otra debe haber alertado a mi hermano. La chica que trabajaba en su casa se deshacía de ellas en una bolsa de plástico. Mi madre estaba de visita en el país centroamericano donde él vivía. Llamó y me contó, la empleada en nuestra casa de toda la vida también lo corroboró y mi hermana encaró el dilema, mientras yo eludía esa oscuridad. No podía relacionar la estampa de mi madre, su buen gusto y atención a su arreglo, el esmero por la casa, el cuidado que nos prodigó mientras crecíamos, con las patas de elefante de ron barato.

Mi madre estaba al frente del salón que el grupo ocupaba en la parte trasera de la iglesia en San Ángel. La misma en que se casó, la misma en que yacen sus cenizas en la urna contigua a la de mi padre. La elevaba una tarima desde donde hablaría detrás de un podio porque era su aniversario. *Las invito*, nos dijo a mi hermana y a mí —mi hermano, ya lo he dicho, no vivía en la Ciudad de México—, *a mi segundo aniversario*. Mi padre entonces celebraba la fiesta de su intimidad ajeno al boquete negro del que mi madre emergía como lo mostró aquel día. No le gustaba hablar en público, nos contaba que en sus años escolares sufría si la maestra la hacía responder algo. Fue terrible cuando un día la maestra la exhibió frente a sus compañeros: *Niña, suénate los mocos.* También cuando no fue elegida para formar parte del cuadro de ballet por sus rodillas puntiagudas;

ella adoraba el baile, y su figura de cuello de garza, brazos inacabables y piernas de bambú iban muy bien con ello.

Con una templanza sorprendente se colocó detrás del podio frente a un grupo variopinto de edades, aspectos y ocupaciones. Tomó la palabra después de que la presentara su madrina, ese *coach* personal de Alcohólicos Anónimos, cuya función entendí a través de las explicaciones de mi propia madre. Llevaba una falda tableada y una blusa beige que aún aguarda en mi clóset mi decisión sobre su destino. Entre el rostro y el cuello de la blusa, una mascada en ocres. Se había aderezado para la ocasión. Cuando sus palabras llenaron aquel salón de piedra antigua y fría, el nerviosismo por escucharla hablar frente a un grupo que no tenía nada que ver conmigo ni con mi hermana a mi lado fue mudando a sorprendida admiración. Mi madre contaba su tránsito del beber imparable al control día a día que había logrado apoyada por el similar empeño de sus compañeros. Era una voz frente a una causa común, el ejemplo de que uno se podía salvar de las cenizas. Habló de su vergüenza y su dolor y lo convirtió en coraje contra sí misma por degradarse de esa manera después del abandono de mi padre. Y mientras colocaba las palabras ante la solidaria comprensión de los demás, su figura se irguió con la clara ligereza de los arabescos del *Lago de los cisnes* que de niña intentaba con su hermano en el pequeño salón de su casa. Era dueña de la escena, con las riendas de su vida en sus manos largas y venosas. Nos compartía el abismo y esa fuerza de la que estaba hecha. Atestigüé la sinceridad de su naufragio y la naturalidad de su recuento. Comprendí que mi madre había regresado de las tinieblas. Y que aquello no era fácil ni gratuito y yo no había estado atenta para apoyarla. Ante sus palabras, recuperé la posibilidad de su cobijo y de ser frágil a su lado. Cuando pasé al frente para abrazarla lloré sin poder contenerme. Su resurgir era el mío.

Nunca más probó una gota de alcohol. Tampoco se avergonzó de su enfermedad. Cuando tenía confianza ante quien le quería servir una copa, decía *Soy alcohólica*. Y aunque no le gustaba estar sola porque no lo había hecho ni durante la guerra en España, cuando salió de la mano de su madre con sus hermanos, ni en su casa de la Ciudad de México, ni en la casa de campo en Los Mochis, ni en las diferentes casas que habitó con mi padre, pudo capotear el miedo y llenar el espacio.

Mi madre exprimió aquella anécdota en las últimas sobremesas. Yo era el personaje del relato. Dormir en la cama auxiliar
de los hospitales es siempre un medio sueño en una media
cama donde por la ventana se cuela el frío de la noche. El re-
poso se interrumpe por los ires y venires de las enfermeras.
Estoy alerta porque mamá no oye bien y no todo el que entra
conoce la situación. La sacarán de sus sueños, la sorprende-
rán, le querrán explicar algo hasta que ella, con voz muy fuerte, les diga que no tiene puestos los aparatos de la sordera. Le
explico a la señorita lo que está sucediendo. Después de esas
interrupciones me cuesta trabajo conciliar el sueño. Me levan-
to al baño y después me acerco a la cama de mamá porque oigo
su voz. Dice mi nombre muy fuerte, y aunque está recostada
de lado y yo estoy de pie frente a ella, intenta voltear hacia la
camita auxiliar y repite mi nombre. *Acá estoy, mamá*, le contesto,
y como si no me oyera, insiste. Pienso que está adormilada, la
toco con cariño y le digo que se duerma, que estoy a su lado.

A la mañana siguiente me cuenta que mientras dormía-
mos una de las enfermeras, vestida de rosa y con el pelo muy
alborotado, seguramente entró a robarnos algo, además usó el
baño con todo desparpajo. Que me llamó, pero no hice caso.
Salgo del calorcito mañanero bajo las cobijas de esa vida a medias y me acerco a su cama. Se da cuenta de que el pijama rosa
es mío y el pelo alborotado también. Nos reímos mucho. Le

digo que con razón ella me seguía llamando con angustia a pesar de que estaba yo ahí de pie.

Cuando salió del hospital se dedicó a contarles el incidente a mis hermanos, a los nietos, a algunos de sus amigos queridos que vio por esos días. Nuestro pelo siempre ha sido un problema, tenemos mucho y se alborota fácilmente. Una vez le dijimos a mi hermano, cuando era adolescente, que tenía el mismo pelo que nosotras. No le hizo ninguna gracia.

Aquella enfermera tan cínica que después de ir al baño todavía se paraba junto a ella y le decía que se durmiera. Y yo sin enterarme. Quién sabe qué pensó mamá que se había robado.

La última vez que fui de compras con mi madre fue porque ella necesitaba brasieres. Nos gustaba comprarnos ropa juntas. En los viajes mi madre pasaba el día entero buscando algo tan específico, diseñado por su mente, que regresaba con una prenda solitaria en una bolsa y al día siguiente la devolvía porque no estaba del todo convencida. Lo cierto es que cuando se decidía había hecho la mejor compra. La primera vez que viajamos a Estados Unidos en 1969, vaya época, íbamos una tía, ella, mi hermana y yo. San Francisco, *flower people*, Union Square oliendo a incienso, camisetas de batik, medallones con *peace and love*. Ahí estaba la famosísima tienda Macy's. Nos deslumbramos de tal manera que, en el primer piso, nos gastamos todo el dinero que llevábamos para las compras. Después tomamos la escalera eléctrica y vimos que había mucho más y con más posibilidades de escoger en los pisos siguientes. Nos reímos de nosotras, de la misma manera que lo hicimos cuando averiguamos por qué el teléfono del cuarto del hotel tenía un foco rojo encendido que no nos dejaba dormir. Lo escondíamos bajo almohadas. De regreso en México alguien nos explicó que ese era el aviso de que teníamos un recado. Efectivamente, un pintor amigo de mis padres, Kazuya Sakai, había estado intentando localizar a mi madre para invitarnos a cenar. Años después, cuando mi madre me acompañó a Dallas a presentar una novela, la viuda de Sakai apareció ahí. Esa vez también fuimos de compras. Nos gustaba soñar desde los escaparates: eran los grandes ojos por los que podíamos hurgar en los armarios del almacén.

Nuestra última aventura de tiendas, cuando aquellas pastillas de cloruro de sodio lograron nivelarla y darle cierta energía, fue el departamento de lencería. Nos acercamos a los diferentes colgadores orientadas por el color y la forma del brasier que ella requería. Cargadas de una buena dotación nos dirigimos al vestidor. De cara a una distinta pared protegíamos nuestras desnudeces. Mamá más, porque el seno operado cuando tuvo el tumor canceroso no había sido totalmente reconstruido. Yo no quería ver aquella mutilación hiriente, cobardía de mi vista y de mi corazón. Pensé en aquella vez que caminábamos en los Viveros de Coyoacán, poco tiempo después de que la habían operado y que yo había sido el heraldo negro que recién salida de la anestesia le confirmó el cáncer y la mutilación. De pronto se detuvo en uno de los caminos interiores por los que andábamos, lejos de los demás, y con un grito se agachó a recoger algo. Alcancé a ver aquella redondez gelatinosa color carne que se colocaba deprisa dentro del brasier a través del cuello de la sudadera. No dijimos nada, seguimos caminando. Escuché a mi madre sollozar quedito. Aquel incidente era una revelación de la nueva realidad de su cuerpo, por más que el cáncer hubiera sido detenido, y la ropa atajado la asimetría. Había una indignidad en el desliz grotesco de un remedo de seno que solo guardaba las formas, en un brasier hecho para los dos pechos.

Cada una elegimos uno color crudo y otro blanco perla. A la hora de pagar, ella dijo que me los regalaba. El gesto era amoroso, me devolvía la sensación de ser protegida y a ella la de garantizarme una prenda íntima e indispensable. Así fue en el estreno de la adolescencia cuando nos compró un pequeño juego de calzón y brasier en mascotita azul o rosa, según fuera para mi hermana o para mí. Hay prendas que se quedan adheridas como señalamientos de la carretera de nuestra vida. Ese primer juego de ropa interior de mujer fue uno de ellos. Los últimos brasieres de mi madre también. Son la trinchera de sus luchas, la última bandera de su apuesta de vida.

Hay secretos que efectivamente se los lleva uno a la tumba. ¿Y por qué no? Yo me llevaré los míos. ¿Qué tanto sabía yo de mi madre que no fuera en su papel de mi madre? Tal vez mi padre fue más transparente, no lo sé. Por lo menos cuando se enredó con otra persona lo supimos por él. Junto con aquella frase que no era fácil colocar: *Quiero que entierren juntos nuestros huesos*, refiriéndose a mi madre. Aunque eso de enterrar contradecía lo que en otros momentos pedían, el destino de sus cenizas. Secretos calcinados, vueltos cenizas. Nos fue absolutamente natural pensar en la incineración. Mi padre era claustrofóbico y tenía miedo a las alturas, pero el único lugar que encontramos para colocar las urnas con las cenizas de los dos fue la fila de los nichos más altos de la capilla adyacente a la iglesia donde se casaron. Hasta en calidad de urna se precisa un lugar en la fila. Y ahí están encerrados en un pequeño espacio que cuesta trabajo mirar si uno quiere «estar con ellos». Los cementerios incitan a la conversación. Son un espacio abierto, en medio de la naturaleza, y un lugar más amable para que la vida y la muerte se encuentren.

¿Durante cuánto tiempo los deudos visitan a sus muertos? Yo solo acompañé a mi madre y a mi tío una vez a la tumba de mi abuela, en el Panteón de las Flores, donde cada 15 de abril le llevan flores y serenata a Pedro Infante. Cuando encontraron las coordenadas de la tumba, mi tío Juan, un hombre grandón y afable, se desplomó sobre la lápida descuidada y se desgajó en un llanto ruidoso. Un aullido del alma. Hacía tiempo que los dos hermanos no la visitaban. Los espacios donde yacen los muertos son estructuras simbólicas, son como las casas donde hemos vivido, las cartas que guardamos en unos baúles. En realidad, estar frente a la lápida es recuperar el nombre que se ha borrado del papeleo cotidiano. Esa es una visita deliberada. Los visitamos inesperadamente cuando nos asalta alguna imagen, una conversación, o tal vez cuando ellos lo deciden. Yo los visito cuando escribo y entonces me asedian todas las preguntas no hechas.

Quiero ser indiscreta y saber qué secreto se llevaron a la tumba. ¿Mi madre tuvo algún amante? Sospecho que sí y que fue en la época en que se separaron brevemente mis padres cuando yo tenía trece años. ¿O era mi padre el que tenía un amante? ¿O qué pasó en aquel semestre? Como si el conflicto siempre fuera un tercero en discordia. A veces el tercero en discordia solo evidencia lo que no está funcionando. A veces es necesario el sacrificio de este tercero en discordia para que las cosas se acomoden, si tienen acomodo. Con mis padres siempre tuvieron acomodo. Ahí están urna con urna. Juntamos los huesos, como quería papá, mi madre se quedó con las cenizas de mi padre durante un año sin saber qué hacer con ellas, esperando el viaje a España para llevarse un poquito, y a nosotros nos quedó, como les queda a los vivos, tomar decisiones que permitieran colocar eso que ya no son: la huella mineral de su risa y sus pleitos, la pasión entre ellos y los hijos que tuvieron y los secretos que se tiznaron con el resto de sus tejidos húmedos. Tal vez los secretos de mi madre me hubieran fascinado desde el hoy. Pero en vida de ella me asustaban. Si amaba a otro hombre cuando yo apenas descubría un beso en los labios tibios del chico que me gustaba, no sé qué hubiera hecho. Tal vez pensado que usurpaba mi lugar de estreno amoroso. Mis padres siempre ostentaron la perfección del amor, aunque no la vivieron. Cuántos secretos habrán olvidado incluso.

Sé que yo soy depositaria de la cruda experiencia del aborto de mi madre, del hueco de un posible hermano o hermana mayor, porque ya era pareja de mi padre. Mi abuela siendo su cómplice. Pero por alguna razón nunca pregunté los detalles detrás de aquellas líneas rojas en las muñecas de mi madre. No supe quién pidió ayuda ese día, cómo le vendaron las muñecas, a qué hospital acudieron, qué tan grave había estado. Los hijos ya no vivíamos en casa. No sé si la señora que trabajó siempre con nosotros, y que aún vive, conoce parte de la historia. Los detalles. Alguien la salvó y no fue mi padre. Un amigo de la familia sabe la historia. Podría preguntarle. Aunque los secretos de los amigos también se llevan a la tumba.

No lo quise hacer incluso cuando me pidió perdón por ello. Ya estaba en Alcohólicos Anónimos con aquel grupo que la hacía tocar su fondo emocional, lo indecible. Tal vez quería que yo le preguntara sobre la densa soledad de aquel momento. Podría necesitar que yo la confortara del arrebato que por poco la ausenta de todo y de todos. Yo había reclamado ese acto que borraba a los hijos de un navajazo cuando aventé aquella campana de cristal del candil, no comprendí que yo también estaba en falta por no haber advertido su desolación. Y le pido perdón ahora, en mala hora, por no haber atendido su llamado a comprender el episodio mudo. Mi madre pidió audiencia y fueron los compañeros anónimos del espacio donde se reconstruía a sí misma los que mejor la escucharon.

Yo, su hija, la dejé que se llevara el secreto a la tumba.

Estar en un hospital de acompañante es como haber puesto los pies en esas trampas ratoneras donde el animal se adhiere y aunque puede mover los músculos, mirar y hacer ruido, no puede despegarse. Así era cuando trataban de normalizar el sodio de mamá. Entre mi hermana, la chica que trabajaba con mi hermana y yo nos turnábamos para que no estuviera sola ni un instante.

Supongo que no querría estar acompañada todo el tiempo. También se necesita el silencio y la reflexión, pero cómo ponernos de acuerdo mi hermana y yo en dos formas de ver. De cualquier manera, yo necesitaba sacar la cabeza del agua, respirar afuera del hospital para poder seguir nadando. Pero mis propias emociones me adherían a la trampa del ratón. Había hecho los arreglos de turnos para poder ausentarme veinticuatro horas y atender el compromiso adquirido tiempo atrás de presentar un libro y dar una charla en Ciudad Juárez. El cuarto de mamá era alegre, si es que eso se puede decir de las habitaciones de hospital. Había un sillón cómodo para pasar el día, que de noche se convertía en una cama bastante aceptable. Desde el sillón yo veía el perfil de mamá, esa es la vista que siempre se tiene de los enfermos cuando se les acompaña en los sanatorios. Una silueta reclinada sobre el respaldo alzado de la cama. Mamá tenía un perfil interesante con aquella nariz prominente que de joven le daba pesar y que aprendió a lucir con garbo, el pelo corto y gris que resaltaba su rostro afilado. Se parecía más a su padre, el andaluz, que a la abuela, que era rosada y regordeta. Los genes siempre se reparten como se les da la gana. Mientras la miraba descansar, imaginaba las nubes desde la ventana del avión, la ciudad empequeñecerse, cruzar las montañas, el desierto como un horizonte inacabable y mineral y luego llegar a un foro para ser solo la que está detrás de las palabras. Una infinitamente más fuerte que la que lidia con la vida. Habíamos *vuelto* al hospital por segunda vez en el mismo mes, ahora no solo se trataba de nivelar el sodio, sino de conocer las causas de su descenso.

Hacía dos días que, con esa misma maleta con que ahora dejaba el cuarto de mi madre, mi hermana y yo nos habíamos enfrascado en una pelea, como cuando éramos niñas. Tal vez me reclamó que yo siempre me quería ir, y yo debo haber estado fastidiada de los días con los pies adheridos y la voluntad sin oxígeno en la trampa del ratón. Cómo serán las peleas que uno olvida el centro de la discusión y solo recuerda las acciones que derivaron de ella. Ese fondo sucio capaz de violencia fue convocado. Mi madre en su cama como un paisaje estático, y mi hermana y yo gritándonos, hasta que aventé la maleta, que rodó y le pegó en las piernas. Entonces intervino la asistenta de mi hermana, me tomó de las manos con fuerza y dijo: *Por favor, señora, su mamá está enferma.* Reaccionamos. Le estábamos dando el espectáculo de la discordia, la evidencia de nuestro desgaste frente a su enfermedad, la vida de cada una suspendida. Con esa misma maleta que arrojé con furia a las piernas de mi hermana, salí del cuarto de mi madre que había insistido en *vete, aquí estoy muy bien cuidada, tú tienes tus cosas.* Me despedí de su rostro de frente, con sus ojos moros y sus grandes cejas y una sonrisa dulce y tranquilizadora, a pesar de que nuestra pelea la había hecho sentir la carga que era, el fardo desestabilizador.

Quería estar al lado de mi madre, asistiéndola-alegrándola-escuchándola porque me gustaba oír sus recuentos y también quería estar en el solaz de otros afectos, en las ventanas que dan a la calle de mi casa, tomando café, en los ruidos del mundo, bajo la ducha de mi casa. Quería sobre todo estar en la versión anterior de mis días, cuando mi padre vivía, cuando ellos dos se acompañaban en las mañanas tibias de San Ángel y se decían *Sol* y *Bicho* y se preparaban el café y regaban las plantas y comentaban las noticias y agradecían nuestras visitas. Visitas fugaces donde nadie se aventaba maletas, ni se insultaba, ni chillaba como un ratón que protesta de mala manera porque tiene los pies engrilletados en la pegajosa proximidad de la muerte.

Las ruedas de la maleta arando el pasillo, la distancia con cada paso que daba, el elevador que descendía, el taxi que tomaba, las avenidas que recorría festejaban el aire limpio de la mañana. Agradecí el bullicio del aeropuerto a esas horas en que la gente que trabaja lo atiborra para hacer eficiente la jornada. No iba a documentar maleta, así es que con el pase electrónico me dirigí ligera a la sala de abordaje y me pareció que la habitación del hospital había sucedido hacía mucho; los minutos en que marchaba hacia otra circunstancia convertían el pasado inmediato en una vida ajena. Ya sentada la empecé a extrañar. Rostro de frente y de perfil. Y tuve miedo de que las siguientes veinticuatro horas me quitaran de estar con ella, no podía saber si esta estancia en el hospital era simplemente un paréntesis.

Necesitaba un café lechero cargado; con el vaso plástico en la mano me topé con mi colega que también iba a Ciudad Juárez. Nos sentamos juntas. Me preguntó cómo estaba y en tres segundos escupí la historia reciente del desajuste salino de mi madre. Haría calor allá, le dije, *mucho calor. Se movería el avión*, comenté. Le pregunté si le daba miedo volar. A ella le daba placer la posibilidad de ir a otro lado a presentar su nuevo libro. No le importaba si era un viaje de tres horas y tener que volver al día siguiente o dos días después. Yo encontraba todas las razones para desalentar mi propia partida: que en esos viajes de ida y vuelta no ve uno nada del lugar, *esos viajes ya no me gustan.* Quería que mis anfitriones me pasearan y que la comida local me sorprendiera. La voz se me iba quebrando. Sandra me habló de cuando había muerto su madre. Anunciaron el abordaje de nuestro vuelo. Cuando escuché *Ciudad Juárez* la distancia me atravesó como una daga. Estaría a miles de kilómetros del perfil de mi madre sobre la cama de hospital. Qué importaba que volviera al día siguiente, estaría en otro lado. La lejanía cobraba otra dimensión.

Cuando Sandra se puso de pie para formarse en la fila, tardé en incorporarme. *No iré*, me aferré a mi maleta. *Haz lo que sientas*, me dijo comprensiva. *Me voy a disculpar. Yo también les explicaré*, dijo ella. Sin mirar atrás arrastré mi maleta y crucé el vestíbulo en sentido inverso a los viajantes. Una vez en la zona de taxis, respiré aliviada. El oxígeno estaba en el cuarto de hospital, porque el oxígeno era la presencia de mi madre. Llamé a mamá para decirle que más tarde estaría con ella. El café de aquella mañana en la terraza de mi casa me permitió estirar las piernas y disponerme con beneplácito a colocarlas sobre la pegajosa superficie cercana a la silueta de mi madre.

Mamá y yo nos iríamos a Madrid en mayo de aquel año. Mi madre nació en la capital española en 1932 y habían tenido que salir con su madre y sus hermanos por la guerra en el 37. Era la ciudad de mi abuela. Mamá me regaló la libretita roja donde mi abuela había apuntado, en el primer viaje de regreso que hizo el año en que yo nací: *Madrid que es y será imborrable en mi memoria.*

Volveríamos al Madrid imborrable que mamá ya había visitado en distintas circunstancias y yo también. La primera vez que mamá regresó a España fue en 1964, hay una foto de ella bajando del avión en Roma donde parece una actriz italiana. Era un recorrido por Europa con mi padre y su hermano, pues tenían que comprar unas máquinas de tejido en Inglaterra. Falda de tubo con saco tres cuartos de ante color moca (intuyo, pues la foto es blanco y negro), la melena oscura y sedosa cae al borde del cuello y se columpia mientras ella desciende por las escalinatas del jet. El viaje entonces tenía cierto *glamour*. Aún conservamos el neceser de piel de mi madre, con el que viajaban las mujeres en cabina con todos sus potingues y perfumes, había que cuidar el arreglo y aquel tesoro no podía ir arrumbado como el resto de las maletas. Ella contaba que cuando el piloto anunció que volaban sobre España su corazón latió desbocado y apretó muy fuerte la mano de su hermano menor. Luego sintió una enorme decepción por un Madrid que había idealizado a la luz de los relatos de mi abuela. Entiendo que aquel Madrid oscuro y provinciano, con Franco dictador rigiendo la decencia y los pocos espacios para las mujeres, y la falta de divorcio y nada de pastillas anticonceptivas la haya decepcionado. Venía de Londres, el Londres de los Beatles nada más y nada menos. En viajes posteriores, empezó a amarlo.

Fuimos a Madrid en familia en 1976, a un departamento muy agradable en el barrio «pijo», como dicen los españoles, de Salamanca. A nosotros nos parecía muy grato tener el Café California a la vuelta para desayunar un café con leche y churros, a dos calles La Castellana, a pocas cuadras el Parque del Retiro (donde un poco de sus cenizas siguen mirando el azul del cielo madrileño). Un lugar lleno de bares y cafés y gente muy bien vestida, como les gustaba a mis padres, y boutiques. Con un negocio dedicado a la moda tenían que ver escaparates y tendencias todo el tiempo.

Aún Madrid no era la meca turística y gozamos la ciudad en familia. Volvimos todos juntos siete años después y nos hospedamos en el hotel Velázquez. ¿Cómo le hacía mi padre para costear todo aquello? Nuestra moneda era más fuerte, y la mirada a la moda en piel, útil para el negocio que sostenía a la familia. Mi madre fue sola cuando mis padres estuvieron separados. Fue valiente porque mi madre nunca había viajado sola. Se quedó en el hotel Liabeny en Plaza Colón. De ese viaje sé muy poco, yo seguramente estaba demasiado ocupada con la crianza de mis hijas, y mi madre me parecía una mujer fuerte a quien le hacía bien acuerparse con su procedencia, con la Cibeles, con el recuerdo de su madre tan madrileña. Dice que se llevó una libreta y escribió ahí. ¿Dónde está esa libreta? Mi madre recomponiéndose. Su Madrid privado.

Cuando mis padres volvieron a estar juntos decidieron que pasarían parte del año en Madrid. Estaban felices de haber encontrado departamentos amueblados en el barrio de Princesa. Desde su ventana se podían ver los jardines de la casa de la duquesa de Alba que aún vivía y que defendía su relación con el joven consorte a quien la sociedad madrileña del *¡Hola!* y los hijos condenaban y admiraban. Ahora que el Palacio de Liria ha abierto sus puertas podré estar en el espacio donde la vista de mis padres se entrometía con el privilegio que la altura del edificio les daba. Eran felices. Celaban la información de su hospedaje: *que no sepa nadie que existe este paraíso al alcance del bolsillo.* Las primeras veces de aquellos viajes, porque jugaban a la casita, cosa que en México habían dejado de hacer o nunca habían hecho porque siempre había empleadas que atendían la casa, hijos que criar, oficina y negocio que atender; el tiempo les había granjeado una libertad que desquitaban. Mamá empacaba, envuelta en papel periódico y después protegida con la ropa de la maleta, la cafetera de prensa francesa con la que les gustaba tomar el café de la mañana. Aquel artefacto iba y venía año con año. No concebían la vida sin tomar café extraído con esa técnica. Mamá compró un carrito para ir al súper en el sótano de El Corte Inglés que les quedaba a una cuadra. Les gustaba ir a comer al Dantxari, un restaurante vasco tradicional del barrio. Parecía que se habían fabricado un estilo de vida a una escala que los satisfacía más allá de su casa.

Hace unos años, después de una actividad en la Escuela de Escritores en el barrio de Chamberí, los anfitriones me invitaron a comer *a un sitio.* Cuando entré, me pareció familiar. Por eso cuando leí en una de las cartas el nombre de ese lugar discreto de manteles blancos, de camareros eficientes y hospitalarios, los ojos se me humedecieron. Mis padres me llevaron ahí en un viaje en que coincidimos. Se comía espléndido. Sin haberlo buscado estaba en el restaurante vasco, cómplice de esa vida a distancia y privada que mis padres se fabricaron cuando los hijos ya teníamos la nuestra. Entonces ellos tenían futuro; año con año esperaban mayo y aparecían en Madrid *como aves precursoras que van de paso.* Mi madre dejaba minuciosamente anotados los encargos para el tiempo que estarían conquistando su libertad: papelitos para pagos, sueldos, asuntos y fechas que atender.

Cuando llegó la edad en que los doctores recomendaron inventarles planes y notamos que había que aprovechar su persistente capacidad de gozo, en contubernio con los nietos y con su querido amigo Augusto hicimos dos grandes viajes: uno a Barcelona, rentando un piso estupendo donde todos desayunábamos juntos, y otro a París a un bellísimo departamento del barrio de Le Marais. Qué afortunada fui y qué ganas de la vida tenían mis padres; aun con un bastón y poca movilidad, fue cuando mi padre afirmó que eran los mejores viajes de su vida. De la boda de su nieta, que ocurrió pocos meses después de la muerte de mi padre, mi madre exaltada dijo que era la mejor a la que había ido en su vida.

Menos mal que hubo boda. La muerte de mi padre ocurrió en medio de las reuniones semanales que tenía con mi hija para planear los detalles del festejo. Un café cerca de casa era el lugar de la cita. Al principio estábamos solas en ello, y luego nos seguimos quedando solas porque cuando papá murió nadie más de la familia tenía cabeza para preguntar o apoyar en lo que sucedería unos meses después. Qué afortunado fue pensar en el jardín donde se reuniría a la gente, la carpa, las flores, los guisos. Sería sencilla, una boda solar. Planear algo que requería tanta atención me salvó del descalabro inicial. Como si me hubieran tirado escaleras abajo, y al reaccionar y ponerme de pie, la configuración del mundo fuera otra. Aquel hombre que subía con dificultad las escaleras de mi casa, se sentaba en un sillón y cabeceaba después de la comida, era un sostén anímico. Mi padre era un apoyo para las decisiones de cada uno de los de su clan. Era como si pudiera contemplar desde el camino que él ya había andado lo que todos estábamos por realizar. Supo que se casaba su nieta menor y también subió los tres pisos de escaleras para conocer el departamento donde vivía mi hija mayor. La boda llenó de continuidad lo que la muerte de mi padre se llevó.

Conforme reconoces que el tiempo que te queda es poco, porque tus años son muchos, los pequeños actos y los grandes tienen otro brillo. Se vuelven preciosos. Si así es, me resulta prometedor, una advertencia sabia del desenlace: lo mejor está por sucederme.

Y el futuro, ahora que mamá estaba sola, era ir a Madrid juntas y nada más las dos. Una experiencia nueva para ambas. Algunos años atrás habíamos dedicado tiempo a leer las cartas que mi abuelo mandaba a mi abuela desde México antes del comienzo de la Guerra Civil, pues él había venido a intentar hacer una vida alrededor del corte de la caña de azúcar, para lo cual había inventando una máquina. Para aquellas lecturas buscábamos algún café cerca de la casa donde mis padres vivían para que pudiéramos estar en paz, y mientras yo le leía en voz alta, ella preguntaba y comentaba. Yo grababa. Habíamos descubierto que Sanborns, esa enorme cafetería con poco encanto, era el mejor lugar a media mañana porque no había música ambiental ni televisores encendidos. Cargábamos la carpeta con cada una de las cartas protegidas en fundas plásticas desde las que descifrábamos a mi abuela y a mi madre niña por lo que mi abuela decía de ella. Mi abuela escribía a su marido ausente y podíamos estar cerca de lo que mi abuela gozaba, lo que mi abuela sufría porque mi abuelo no le mandaba dinero, *por qué no regresas, si no te va bien en México.* Ya las cosas se ponían difíciles: los bombardeos en la sierra, ya no los querían en casa de los hermanos, sobre todo la hermana que estaba trastornada, y tenía que irse con sus tres hijos a Valencia. El abuelo no mandaba dinero ni los boletos para salir en barco y mi abuela estaba sola con sus pequeños. Llorábamos contagiadas de su desesperación, a veces nos sonreíamos y mamá se sorprendía mucho de cómo había sido esa vida que las cartas retenían, esa vida que se seguía contando en ausencia de mi abuela. Mamá agradecía que su padre las hubiera guardado. Eso era una herencia invaluable y una forma de reconciliación con él.

Por eso, y por muchas otras razones, haríamos ese viaje, para que mamá tuviera la sensación de futuro y compañía.

Y porque yo quería tenerla en exclusiva para mí en nuestro Madrid. Quería que pasáramos frente al departamento de Pizarro y que me señalara la ventana donde ella se había trepado al balcón cuando nació su hermano menor y su padre, que la descubrió desde la calle, corrió para detenerla a tiempo. Quería que pasáramos por el Retiro y me mostrara el lugar preciso donde colocó algunas de las cenizas de ese hermano y donde pidió en su momento ella también parcialmente reposar ahí, al igual que mi padre, que se fue haciendo madrileño a la vera de su esposa y los viajes. Viajaríamos en primera, aunque los boletos eran carísimos. Rentaríamos el departamento de una amiga muy cerca de la Plaza de Oriente, cerca del Café de Oriente que tanto les gustaba, donde mi padre y yo nos tomábamos el vermut. Todo estaba calculado, incluso después mis hermanos decidieron que nos alcanzarían con algo de las cenizas de mi padre, a contrapelo de lo legal, y para estar con mamá en Madrid. Era un plan delicioso, si bien ya no totalmente ella y yo todo el tiempo, tendríamos nuestra dosis, y luego la dosis de los hermanos reunidos.

Cuando mamá empezó a sentirse débil y temerosa con esas bajadas del cloruro de sodio, dudó. Pensó que no era conveniente el viaje, a pesar de que a ese Madrid de ella y mío, que prolongaba la experiencia de la lectura de las cartas, se le había sumado también ir antes a París, su ciudad favorita, con mi hermana y el amigo de la familia. Era un viaje Frankenstein que abarcaría lo que deseaba mi madre y lo que yo quería y lo que mis hermanos y el amigo de la familia querían disfrutar con ella. Sabíamos que no sería fácil que volviera a viajar, ella también. Tendría que llevar el oxígeno suplementario y eso ya no era tan cómodo, pero no la detenía.

En mi optimismo, con el que me escudo de lo que no puedo controlar, le dije que aún no lo debíamos cancelar. Se pondría bien, iríamos viendo. No nos podíamos perder la fiesta de San Isidro. Había futuro y yo no lo quise mutilar ni cuando nos dijeron, después del examen de la radiografía y de la punción del pulmón izquierdo muy cerca de las costillas, que era un cáncer de células pequeñas y que le quedaba poco tiempo.

Había futuro y yo quería que gozara lo que le quedaba de vida en un viaje al que nos sumaríamos sus tres hijos. Yo quería ese viaje para mí.

Desde el pasillo la doctora me hizo señas para que saliera. Mamá debió notar algo: mi mirada hacia la puerta o mi perplejidad porque la doctora siempre entraba, preguntaba, revisaba. Las madres leen las caras de sus hijos, nos conocen *tan* bien. *Ahora vengo*, dije. Aquella doctora delgadita, que había atendido a mi madre en la neumonía con su panza de embarazada más de un año atrás, me dijo con un gesto adusto, como quien da el pésame, que no les gustaba una mancha que habían visto en el pulmón. Tendrían que hacer una biopsia para ver de qué se trataba. Peculiar manera de dar malas noticias clínicas amortiguadas por una valoración personal —*No me gusta*— cuando en realidad quieren decir: *Veo que las cosas están muy mal, solo que me falta la evidencia para acabar de dar la noticia-puñalada.*

    ¿Cómo volver al cuarto?, no tenía tiempo de ensayar un gesto, inventar palabras. Recomponerme. Ni siquiera sé qué le dije a mi madre al entrar. Las mentiras se olvidan. Porque desde luego le mentí, algo así como que la doctora no quería despertarla, que ya pronto tendrían la interpretación de la placa. *Tengo cáncer*, afirmó mi madre. No era una pregunta. *No, mamá*, contesté molesta, *no, mamá*, subí el volumen ahogando las palabras de la doctora. Contundente quise borrar esa mancha que le preocupaba y la punción al pulmón para saber de qué se trataba aquella sombra que nos empañaría la felicidad. *Solo me dijo que te tienen que hacer más pruebas.* Era la receptora de primera línea de esa información. Aunque la doctora dijo que faltaba la biopsia, como si en ello hubiera algún consuelo, como si los ojos de los doctores no reconocieran la perniciosa voracidad del cáncer en una mancha así, quise guarecerme bajo el paraguas del optimismo. Cuando pude hablar con mis hermanos les dije con voz tranquila que faltaba la biopsia, minimizando la cara de preocupación de la doctora.

Había que comunicarle a mamá que tendrían que dormirla, bajarla al quirófano y pincharle la parte baja del pulmón izquierdo que, parafraseé a la doctora, *afortunadamente estaba muy cerca de las costillas y se podía hacer desde el exterior.* El taladro traspasa piel, esquiva el hueso, penetra el músculo, llega a la pleura, rasga el pulmón y toma un pedacito de tejido, lo que en la escuela observábamos en la piel de cebolla bajo el microscopio: una retícula de formas repetidas que en caso de ser malignas revelarían su monstruosidad.

Ha muerto mi cuñado mientras escribo sobre la muerte de mis padres. Fue vertiginoso. Hace dos meses apenas, después de un vómito con sangre, se supo que tenía una fuerte gastritis de esófago, una hernia hiatal y anemia como consecuencia de la sangre perdida. Lo estaban tratando con una dieta a base de leche y otras restricciones que lo ponían de muy mal humor. A él que tanto le gustaba su café, su copa, comer a placer, aunque fuera poco. Pero para los días de fin de año se revelaron confusiones y descontroles, por lo que fue necesario hacerle tomografías de un cerebro con lesiones y del pulmón donde un tumor del tamaño de un huevo había estado cebándose a sus anchas quién sabe cuánto tiempo. El viernes lo llevó mi antes marido a los estudios donde esa fotografía interior reveló el daño y la sentencia. Pero lo que no predijo el retrato interior es que al llegar a casa no podría subir los escalones ni asistido por su hermano, y que no volvería a hablar después de saludar a mi hija y a mi yerno, que ayudaron en la tarea de cargarlo a la recámara.

Cuando lo acostaron en su cama la respiración fue la única conexión con el mundo que prevaleció. A duras penas se le pudieron dar algunos medicamentos diluidos en una jeringa por la boca. Él ya no está aquí, dijo mi otro cuñado con una claridad que nos abismó a la oscura espera de la muerte. Pero esta respetó la dignidad del desahuciado y dos días después

203

fue apagando su respiración hasta dejarlo plácido y tranquilo en su cama, desprendido de la última atadura, el aire asistiendo a su cuerpo, frente a los que lo habíamos querido. En los días que siguieron, sus hermanos, mis hijas, que viajaron con él por última vez a pasar fin de año en Veracruz, narraron los detalles: su tío tirado en un pasillo con una almohada en la cabeza cuando todos regresaron de comer, sin memoria de cómo había llegado hasta ahí. Sus bromas cuando le hacían el último estudio a su cuerpo, sus palabras, sus pañales, sus baños, sus comidas, los regaños que le hacían cargados del coraje de que la salud de uno de la tribu flaqueara. Su entereza, la que fuera que tenía a los setenta y cuatro años, se corroía a velocidades insospechadas. Contar los hechos. Detallar, repetir, preguntar: *¿Fue ayer?, ¿o el día que llegamos?* Escuché el recuento que hacían entre todos. Es necesario comprender los hechos en el tiempo, hacer la crónica de una muerte para restituirle luz a la confusión, dignidad a la ausencia.

Aun siendo tan reciente la muerte, la memoria es imprecisa: necesita muletas, colectividad. La historia que se puede armar entre varios, la que nos pueden contar a los que no estuvimos ahí. También la necesitamos. Siempre necesitamos las palabras, entender los detalles y detenerlos. Sabemos que se evaporarán lentamente, como el dolor. Que se volverán costra y cicatriz. Es lo que yo hago mientras escribo y me cuento, con la evidencia de que se esfuman las precisiones y se agrandan algunos detalles. Si el recuento no es exacto, por lo menos es el que necesito.

Escribir es estar ahí. Es dominar el tiempo, revivir muertos; resucitar los días, algo que perdimos de vista.

Dijeron que nadie sobrevivía al cáncer de células pequeñas; solo había un caso en México. Se lo descubrieron cuando tenía cuarenta años y con las quimioterapias logró seguir vivo. *Es la excepción,* dijo el neumólogo a quien mi madre le consultó qué debía hacer, pues la oncóloga sugería (sugerir no es la palabra), la alentaba a practicarse una quimioterapia hospitalizada una semana y luego dejar pasar tres en casa donde podía *hacer su vida normal. La literatura* mostraba buenos resultados con pacientes de su edad. Los doctores dicen *literatura* cuando se refieren a lo escrito. Quizás leer verdadera literatura les ablandaría a algunos el afán estadístico y pensarían en las perspectivas de una mujer de ochenta y seis años. La oncóloga alentadora era toda sonrisas, enjoyada, coqueta: una invitación a la vida. Había casos de individuos octogenarios que lograban vivir más tiempo después de la aplicación del tratamiento que ella sugería. Vivir más es lo que quería mi madre y la doctora se lo ponía en bandeja. La atendería durante su estancia en el hospital para que resistiera la dosis bomba de una quimioterapia como la que su cáncer necesitaba. *Los doctores mienten,* dijo la amiga de la familia. *Esa doctora es un horror,* gritó una de las contemporáneas de mi madre cuando le dijimos lo que probablemente sucedería. Lo que no aclaramos a mi madre para la negociación entre la vida y la muerte fueron los datos duros. Sin tratamiento tendría tres meses de vida, con tratamiento tal vez ocho.

El neumólogo a quien le tenía confianza le había dicho que probara a ver cómo se sentía con el tratamiento químico. (Fue quien después me reveló lo del único sobreviviente conocido). Mi madre se sintió aliviada de tomar la decisión. Su sonrisa se parecía al momento en que movió el brazo en el hospital después de que se paralizó la mitad de su cuerpo, como si aquella inmovilidad hubiese sido una pesadilla pasajera, casi un invento. No le quise decir que el brazo que estaba moviendo era el del lado del cuerpo que no se había paralizado. Guardarse una verdad es mentir. Y en ese momento tan rayano en la muerte la ilusión era el único asidero para todos. Antes no. Pudimos haber evitado el estrépito de la invasión química, esa soledad en terapia intensiva frente a la que mi hermana desesperada suplicaba que la dejaran acompañarla, el acortamiento de su último lapso de vida. Ninguno de los doctores, ni ninguno de sus hijos le dimos las cifras de sobrevida que se tasaban en meses y no en años.

Mi madre había tenido que tomar una decisión cuando era niña que a vista de los adultos podría ser trivial. Pero no lo era, porque ella lo contaba repetidas veces. Cuando salieron de Madrid rumbo a Valencia en la guerra su madre le dijo que podía escoger un juguete para llevarse con ella. Uno solo. Entonces mamá vio aquella recámara de latón que le había hecho su tío José bajo una lamparita que pendía del falso techo de una repisa, una cabecera garigoleada y un ropero para guardar la ropa de las muñecas. ¿A qué se refería su madre?, ¿la recámara entera era un juguete o solo podría llevarse la cama? También estaban las muñecas con ojos, donde sobresalía aquella porque era negra y tenía el pelo muy rizado y ceñido a la cabeza. El cuerpo de trapo, abrazable. Farina fue la elegida. Aún pasarían un tiempo en Valencia, mi abuela cuidando a sus tres hijos, esperando la llegada de los boletos de barco de su marido para poder viajar a México y que comprobara que Farina no era la excepción. Cuando pararon en La Habana, una multitud de negros pululaba en el muelle. Al verlos mi madre dio un grito: la asustaron. Los había pensado de ficción. Era una reacción natural, una niña mirando un mundo diferente. Abrazó a su Farina, aunque la comprobó menos sola y tal vez temió que se perdiera entre sus iguales. La muñeca tenía parientes, como ella en el país que habían dejado atrás; en Madrid estaban sus tíos y sus primos. Todavía no podía imaginar qué sería crecer sin ellos. Sin otros, más que su familia principal. Ahora era la única que quedaba de su clan.

¿Qué hay de los padres en uno? Me gusta visitar a mi hermano porque le descubro gestos que tenía mi padre, anfitrión estrella; las bromas, algo en la mirada y porque cuando compartimos anécdotas me revela otra dimensión de mi propio padre. Me encanta estirarme para saludarlo porque es aún más alto de lo que era mi padre. Y entonces le digo: *Qué alto eres*, y él responde: *Es que estás rodeada de chaparros*. Nos reímos. Hay otras muchas cosas por las que me gusta estar con mi hermano, pero reconozco que a la muerte de papá lo que hay de mi padre en él es otro de los motivos. Me maravillo de ello. A veces lo veo y me dan ganas de llorar.

Descubro que cada vez hay más de mi madre en mí, como si se me hubiera instalado sin que yo me diera cuenta. Confirmo el lugar común de que uno cada vez se parece más a su madre o a su padre. Descubro mi escrutinio para corregir a mis hijas cuando comen conmigo, como ella lo hacía: *Coge bien la taza, hija*. Desde un ridículo coto de rebeldía, yo la tomaba rodeándola y no por el asa. Me escucho dándoles las instrucciones que me molestaban a mí, porque no importaba cuántos años tuviera, yo seguía recibiendo aquel manual para sobrevivir. Uno lo entiende cuando entra al quite, al relevo, y anda haciendo lo mismo con los hijos, a pesar de sus molestias. ¿Llegó a observar mi madre qué había de su madre en ella? Porque era tan joven cuando murió mi abuela que no sé qué tanto le depositó de ese manual para sobrevivir. Mi madre decía cosas como *primero se pone uno la mascarilla de oxígeno, como dicen en el avión, y luego ya se la pones a los otros.* No sé si lo llevaba a cabo, porque a veces ella era la última en la fila. Por eso se operó el cáncer de nariz cuando ya sin mi padre tuvo tiempo de atenderse.

Insistía en el orden y yo no he podido imitarla. Cuando me asomo a mis cajones quisiera toparme con ese acomodo pulcro y bienoliente de su ropa interior, de sus mascadas. Bien pensado, mi madre era una mascada. Si tuviera que hacer un dibujo escolar la pintaría con un pedazo de tela colorida y sedosa como pedestal de su cabeza. Mis mascadas cohabitan con las que me quedé de ella en el oscuro nicho que les corresponde en el clóset. A veces me asomo para espiarlas, para saber si las de mi madre han podido influir en el comportamiento de las otras y mostrarse bien dobladas, justas y esperando que yo las escoja como una fruta madura.

Mi madre dijo que yo me quedaría con los cubiertos de plata, y así fue. Pero como sabía que soy bastante destartalada, me dio instrucciones de cómo limpiarlos, un apéndice del manual para sobrevivir. La grabé con mi celular. He limpiado los cubiertos para restañar su belleza en los festejos, lo he hecho a mi manera. No me atrevo aún a escuchar el instructivo en voz viva.

Mamá estaba decidida: *Tal vez gano cinco años.* Cinco años que son los últimos de tu vida son un enorme privilegio. No le explicamos a tiempo las matemáticas y ya nadie se podía echar para atrás: ni la doctora que había esgrimido su literatura científica comprobando éxito en las quimioterapias a esa edad, ni el neumólogo que sabía que no había solución alguna para atajar la muerte y quien, al final junto a su cama, le tomó la mano y le dijo que no iba a sufrir. Fue la voz profesional que le dio un salvoconducto de paz hacia la muerte.

El domingo anterior al comienzo de las sesiones de quimio, mi madre estaba radiante, porque para recordar a mi padre en el primer aniversario de su muerte iríamos a comer a un restaurante español con mesas en la banqueta, como algunos de Madrid. Además, a mi madre le gustaba comer de picoteo, no platillos grandes. La carne ya no le gustaba nada, en cambio un poco de tortilla de papa, jamón serrano y unas croquetas, que nunca alcanzaban la altura de las de ella, era ideal. Las croquetas no me salen, ella era la que las preparaba como una carta celebratoria. Le dedicaba tiempo a cada envoltorio tierno del bechamel que se deshace en la boca después de la fritura exacta, dorada y crujiente. Mamá nos recibía con la receta heredada de su madre, el hilo que nos vamos pasando de Madrid a México, para que los hijos y los nietos mantengamos ese vínculo con la abuela, cada vez más difusa para los demás.

Nunca para mí. Las croquetas eran esa afirmación de procedencia de mamá, de cuna.

A pesar de que se trataba de la ausencia de mi padre, en aquella comida corría la alegría entre las distintas generaciones. Somos una familia pequeña: todos ligados al placer de la comida y de la sobremesa de la misma manera. Algo mamado desde que yo era niña, algo repetido por cada uno de los hijos y heredado a su vez a nuestros hijos. Qué distinguida mi madre con su pelo cano y corto que le estiraba el cuello de por sí largo. Cuánto parecía quedar por delante entre anécdotas repetidas, ocurrencias de los más jóvenes y las intervenciones agudas de mi madre que decía lo que pensaba.

Al día siguiente invitó a sus amigos cercanos a comer para recordar a mi padre. Cumplido el plazo de un año, no sabía que se preparaba para alcanzarlo (como si hubiera un lugar vivo para los muertos). Es cierto que, una vez decorado el departamento, con esa lámpara de bola de cristal que había estrenado y que lo hacía contemporáneo y ligero, mi madre extrañaba más a mi padre. Lo expresaba continuamente, pero también ponía un pie delante del otro deseando vencer esa enfermedad que la corroía y que le había extendido un boleto anticipado en la partida. Estaba exultante porque había tomado una decisión que le extendería el plazo. No estuve en esa comida, pero dicen que contó los chistes que a todos hacían gracia, aquel del perico grosero; dicen que dio una comida estupenda, que la mesa había sido puesta con ese encanto luminoso que ella prodigaba a los espacios cotidianos. Dicen que era dueña y señora de su viudez y de su nuevo espacio. Llegué cuando solo quedaban migas de pan en la mesa y las tazas pequeñas con huellas de café.

Pasaría ahí la noche para que partiéramos temprano al hospital. Su ritual de cada noche era impecable y preciso. Después de ponerse el pijama o el camisón, perfumarse discretamente el escote y detrás de las orejas con el Black Chanel, decía: *Buenas noches* y advertía que ya no me escucharía porque

212

se iba a quitar los aparatos, mismos que desprendía de las orejas y colocaba en una cajita, separando la pila del adminículo pequeño que la conectaba con el mundo. Ahí empezó la despedida. Entró a la cama y colocó el perfil de su rostro sobre la almohada de cara al mío, que ocupaba el de mi padre.

Con los rostros encontrados, los cuerpos de costado, engarzamos nuestras manos y las apretamos muy fuerte. Sabíamos que esa noche era un parteaguas. Su piel tersa y cremosa, su nariz larga sostenida por los arcos de sus cejas oscuras, sus ojos que nunca se cerraban por completo me revelaron una tranquilidad que yo no podía contagiarle. La contemplé plácida, mecida por la esperanza. Su serenidad me fue arrullando hasta que nuestras manos se desprendieron y la mañana tocó a la puerta.

A mi madre le gustaba mucho una canción triste que interpretaba Karen Akers: *Send in the clowns*. Era una canción para los ratos difíciles. Mi hermana y yo nos topamos a la cantante en el bar del hotel Algonquin, en Nueva York, mítico espacio que mi padre ponderaba, pues ahí se reunían escritores de otra época. Cantó junto a un piano en ese bar acogedor y al final le pedimos que nos firmara un disco para mi madre. En ese momento y desde la escritura lo invoco.

*Send in the clowns.*

Mi madre era de presión baja. Cuando volvió al cuarto después de la pequeña intervención para colocar el adminículo por el que suministrarían la quimioterapia cerca del hombro izquierdo, me sorprendió verla tan poco ella. Tenía la presión altísima, se sentía mal, nos explicaron que por su edad en lugar de anestesia le habían dado morfina. Mi madre estaba drogada, con los signos, esas mediciones de lo «normal», desquiciados. Nadie nos había explicado que a la quimioterapia la precedía esta intervención que precisaba anestesia. Y la decisión de usar morfina, que seguramente previeron, no nos había sido comunicada. El quirófano era el sitio de la clandestina tortura. Tuvimos la impresión de que se nos ocultaba algo, nos empezamos a sentir defraudadas con aquella doctora tan optimista para un tratamiento así a la edad de mi madre. Apenas estábamos en la preparación para la invasión química de su cuerpo añoso, y las cosas no pintaban bien. La acompañé durante el tiempo en que fluyó a sus venas el incierto líquido, una vez que la presión llegó a su justeza. Aquel empaque opaco ocultaba el poder mortal del compuesto. Tenía que acabar con las células cancerosas y de paso barrería con otras, como una guadaña de sonrisa ladeada. Mi madre reposaba mientras su cuerpo, cual muñeco inflable, succionaba aquella falsa dosis de vida, esos meses extra que ella había contabilizado en años. Teníamos que pasar este momento y una turbia esperanza me decía que ella era tan fuerte que tal vez reaccionaría bien y que ocurriría lo que nos había prometido la doctora: tres semanas en casa haciendo una vida normal para volver otra al hospital. Cinco veces así. Apunté en el calendario esas sesiones intocables. Apartar los días era imaginar el futuro próximo y admirar la fortaleza de mi madre que había decidido darle una oportunidad a su cuerpo a pesar de la violencia del tratamiento.

Fue por el hombro izquierdo donde se les empezó a ir la vida a mis padres. El músculo que va de mi cuello al hombro izquierdo es el que ahora, cuando escribo, me da lata con su rigidez. ¿Será una empatía de mi cuerpo con la violencia que sufrieron ellos en sus últimos días? ¿Será desde ese lado, donde anida el corazón, que me faltan, aunque no los llore todo el tiempo, aunque no piense en ellos con la frecuencia que lo hice al momento de su partida? A mi padre, a pesar de su rebeldía, y bajo las palabras con que mi hermano intentó convencerlo, le colocaron bajo la clavícula el receptor necesario para la diálisis. Fue el último episodio de atención hospitalaria antes de que reventara por dentro y me sonriera en rojo, como último ademán en la batalla de la vida. Mi madre no dijo nada, se había dispuesto a lo que significaba el tratamiento y aceptaba con gallarda resignación los pasos de la cura.

Entre el sillón donde yo dormía y la cama alta metálica, donde yacía conectada y visitada numerosas veces, había una trinchera. Una distancia infranqueable que no replicaba la manera en que le tomé la mano de almohada a almohada la última noche de solaz en nuestra mutua compañía. Por más que estaba a su lado, ella libraba sola esa guerra.

Cuando volvió a su departamento, a cargo de la enfermera que la cuidaba y de mi hermana que vivía dos pisos arriba, quise sacar la cabeza del agua. Necesitaba oxígeno. Tenía miedo del panorama a continuación, de cómo se debilitaría su cuerpo, se le caería el pelo, se le secaría la piel, perdería el apetito. Habría reacciones, nos lo habían dicho. Pero no presagiábamos la aceleración final.

La terraza pequeña de mi casa, apenas dos buganvilias, unas cunas de Moisés, un poco de hiedra y un arbusto sin flores cuyo nombre he olvidado —todo sugerencia de mi madre, incluso la pequeña mesa redonda de vidrio, herencia de su casa anterior— coloreaban la atmósfera metálica de los días anteriores.

Me había propuesto hacer mi vida ese día, distraerme mientras mamá se instalaba en su casa acompañada de mi hermana. Tocaba clase de flamenco. Me alegré mucho de ver a mis compañeras, las puse al tanto de la salud de mi madre mientras me abrochaba las trabas de los zapatos de baile como si amarrándome los pies sujetara la incertidumbre. Estiramientos frente al espejo que despejan el cuerpo, los brazos crecen, los pies se desperezan en punta-tacón, calentamiento que va del silencio al golpeteo uno, luego dos veces cada pie, tres, hasta llegar al punta-tacón y tres plantas completas: *hojas de té, hojas de té,* los pies reproducen la frase. El zapateo es silábico. Ahora el braceo que acaricia el aire, que aleja la bruma, que hace hablar a las manos, que envuelve el cuerpo propio u otro imaginario enredado al mío. La cabeza al frente, el cuello erguido, la intención. El flamenco es un baile que embiste e invita hacia el adentro. Atornilla el misterio: es un grito de entraña.

Puse el teléfono pantalla arriba sobre la banca donde nos cambiamos para estar atenta, aunque no quería estarlo. Quería olvidarlo durante la hora y media de clase. Pero el teléfono sonó, y apareció el nombre de mi hermana. No contesté. Ella a veces exageraba y yo a veces minimizaba las cosas. Como quiera que se vea, mis pies ya no pudieron recorrer el salón frente al espejo de la misma gozosa manera. *Es mi hermana,* les expliqué cuando me advirtieron que el teléfono seguía sonando. Una de ellas dijo, con esa templanza que le agradezco: *Contéstale, tu madre acaba de salir del hospital.*

Habían tenido que volver, mi madre apenas podía jalar aire. Sus pulmones se llenaban de agua. Me quité el uniforme de baile y nadé por la ciudad hasta la boya que todavía era el cuerpo de mamá aferrado a la orilla de la vida.

Pasamos de abril, el mes más cruel de T. S. Eliot, a los idus de junio. Siempre me ha sorprendido la carga (de augurio) que la tradición ha colocado en los meses. Hubiéramos querido que mi madre hiciera su agosto y varios agostos más. Que recogiera la cosecha estival con aquel viaje a Madrid y París. Que festejara varios abriles, pero desde su tierra baldía ya el poeta sombreaba la algarabía primaveral. Abril dio, desde sus primeros días, las evidencias de un cuerpo que se lanzaba a la muerte aunque no lo sabíamos. Silencioso, el cáncer devoraba a mi madre. Solo la tuvimos dos meses más. Escogió la fecha de la muerte de mi padre para comenzar el tratamiento; nueve días después, con los pulmones como sacos de agua, algún coágulo interfirió con el movimiento de su mano derecha. Con esa mano me peinó, me puso los pañales, me acarició, forró los cuadernos de la escuela, condujo su Peugeot blanco y luego el VW en que aprendí a manejar, empacó nuestras maletas de niños, hizo listas de súper, de pendientes, la libreta de direcciones actualizadas, los muertos tachados, acarició a sus nietos, la mano con que bocetó los escaparates de las tiendas.

La mascarilla de oxígeno sofocó el grito de su boca hacia afuera, como un ojo encerrado esperando que alguien lo mirara. Si la muerte de mi madre fuera un romance o un corrido, algún verso diría que *mi padre ya la llamaba*. Un octosílabo para cerrar los ojos y hacernos creer, como fantasía de almohada, que se reunían allá, en fundas frescas sin gotas de sangre, sin restos de medicamento, ni pavor en sus cabezas. El terror de la muerte.

Junio, con su anticipo de verano, me dejó huérfana para siempre.

Cuando Pandora abrió la caja que le regaló Zeus para su boda escaparon todos los males del mundo, pero al final salió volando una libélula: la esperanza.

Mi madre, que había desaprendido el estar sola después del regreso de mi padre a casa, estaba aislada en terapia intensiva. En lugar de mejorar, el cuadro empeoraba. Nunca he comprendido por qué le dicen *el cuadro*, quizás para alejar o enmarcar una situación que en ese momento hubiéramos deseado colgar. Si esa realidad desastrosa fuera un cuadro en la pared, lo voltearía al revés. Lo envolvería en papel burbuja para que esperara el sueño de los justos, al fin que un cuadro es solo un cuadro. Aunque cuando mis padres compraron alguna de las piezas que tuvieron en su casa no pensaban que un cuadro es solo un cuadro. Le apostaban a la novedad en el arte de los sesenta; se entusiasmaron con la poca conocida Cordelia Urueta, con la fuerza de Lilia Carrillo, con la provocación geométrica de Manuel Felguérez, con la penitencia oscura de Fernando García Ponce. Los miraron a tiempo cuando era posible hacerse de ellos. Colgar y descolgar cuadros era darles ojos a los muros.

Me ando por las ramas porque a mi madre aislada solo se le podía ver a través de una ventana, como si fuera pieza de vidriera, en esa cama alta conectada a muchos aparatos. Mi hermana, que conocía el miedo a la soledad de mi madre, logró que entráramos por turnos a ese cuarto que más parecía un congelador de carnicería. Había llorado y hecho lo imposible porque la dejaran dormir en una silla al lado de mi madre en esa gélida habitación, y no había querido abandonar la sala del hospital donde esperábamos los familiares de los pacientes.

Cuando dejó de mover el brazo derecho en su habitación, los médicos se alarmaron y la trasladaron a la antesala del infierno; pensaron en la interferencia de un coágulo en el cerebro. Cualquier otra cosa que hubieran pensado no la comunicaban, más que aquel otro médico internista, ajeno al cáncer por el que le dieron aquella quimioterapia letal. *Si fuera mi madre no la tendría yo aquí, llévenla al cuarto.* Nos estaba diciendo que no había nada que hacer, era necesario que por fin alguno de los galenos mostrara un gesto compasivo para una anciana, porque eso era mi madre, aunque nunca lo pareció.

Nada de hospitalario tiene un sanatorio y menos si es la última morada de la vida de alguien, de mi madre que acompañó mi vida. Porque la madre se conjuga en nuestra y mía al mismo tiempo. De mí siempre provocó el lado luminoso, rara vez la opacidad que también me habita. Bromeaba con ella que tenía prohibido enfermarse.

Volvió a la cama del cuarto que le proveía mayor dignidad que el frigorífico cárnico, parte de la cara oculta tras la mascarilla transparente. Podría haber sido la escenografía descabellada de una obra de los años sesenta. Sus ojos grandes, sus cejas oscuras expresaban lo que era difícil escuchar a través del burbujeo del suministrador de oxígeno. Se le veía contenta de tenernos a sus dos hijas. Mi hermano vivía en otra ciudad. Aún no nos habíamos sentado a cada lado, una en el sillón largo que se convertía en cama y la otra en el reposet que usan los enfermos. Le di un beso en la frente, en esa tibia humedad de su piel, aliviada de tenerla al alcance de mi mano, de mi boca, de mis ojos. Entonces levantó el brazo izquierdo y me sonrió con los ojos convencida de que había recuperado el movimiento, de que había una salida. Su falso alivio me rompió el corazón. No la quería desencantar. Era el otro brazo el que estaba paralizado. La libélula revoloteó para ella. Los ojos engañados, con un brillo alegre, se me quedaron en el cuerpo. Es la fotografía que llevo de sus últimas horas: una súplica para seguir en la vida. Pero era la despedida. Algo le dieron que estaba tranquila, y entonces, como si a mi hermana y a mí nos hubieran suministrado la misma droga, nos recostamos cada una en un sillón. Recargué la cabeza en el reposet y contemplé su cuerpo aún mío, aún abrazable. El ruido del oxígeno, la luz de los sensores midiendo su corazón nos arrulló como cuando nos alimentó con sus senos y nos atendió con su juventud. Ahora el tiempo era solo una respiración prolongada hacia el silencio.

En la mesa de comedor del departamento desmantelado de mamá acechaban alteros de papeles y cajas para ser revisados. Los muebles y los bultos mayores ya tenían destinatarios y habían sido embalados. Mi madre hizo cuidadosas listas de qué correspondía a qué hijo o nieto, dado el espacio donde vivía cada uno, intentando una repartición equitativa entre adornos, cuadros y muebles. En cada uno de nuestros espacios, a su vez, los muebles reclamarían su acomodo, necesitarían ser removidos otros, recolocados algunos, incluso desechado un muro para que las cómodas, sillones o mesas continuaran atestiguando nuestras vidas como prolongación de la de mis padres.

La mesa redonda del comedor, que era un simple tablón que mi madre disimulaba con manteles largos literalmente, había perdido su prestancia. Siempre desvestirse expone. Además, ahora estaba muy cerca de la entrada, como si fuera la mesa de recepción de una vida acabada. Mi hermana y yo ejecutábamos los trámites. Alguien se tendrá que hacer cargo de nuestros objetos cuando ya no estemos. Mamá siempre depuraba, pero el volumen de cajas y papeles parecía desmentirlo. Aunque era una maniática del orden y del continuo revisar y desechar, su vida decantada subrayaba los objetos de su apego. Nos sentamos resignadas codo a codo, con la rispidez de los desacuerdos que nos habían apartado los días anteriores —quizás una forma de capotear el dolor era embestirnos la una a la otra—. Ahí estaba el viejo recetario de cocina vasca, como un vestigio de los intentos de mamá de hacer algo elaborado cuando recibía amigos o festejábamos algún cumpleaños. Un libro más manoseado que usado, pero una especie de biblia de la casa. También la libreta forrada en tela con un título de otro tiempo: *Agenda del ama de casa.* Porque mi madre, aunque decoradora de las tiendas que tenían mis padres, aunque diseñadora de ropa, bolsas, cinturones, chamarras y más, era también un ama de casa. Por ninguna de las dos tareas recibía un sueldo, ese no era el pacto entre las parejas. Digamos que le tocaban los beneficios del dinero, también las estrecheces, pero nunca la decisión. Y eso que mis padres tenían una mente liberal, y que nos dieron herramientas para ganarnos la vida sin importar si éramos mujeres u hombres. Esa agenda del 65 es el testimonio de su cuidadosa administración. ¿Por qué la habrá guardado? Me espío como hija pequeña: *Comprar zapatos a las niñas, cumpleaños fulana, recoger pastel, vacunas niños…* Es una manera de verla joven, comandando las necesidades de su prole y de su casa. Llevó cuenta exacta del cumpleaños de cada uno de sus familiares y amigos, mi padre siempre se recargó en esa bitácora suya y los dos quedaban de maravilla con los demás. Mi madre, tan ordenada y limpia, ¿habrá domado así los hervores de la rebeldía que también la ocupaba? Porque mi madre era una apasionada; si no, no hubiera querido tanto a mi padre, ni escuchado a la Callas a solas en la oscuridad de la sala, ni pintado limones como si guardaran jugo, ni vomitado en una maceta ante el aspecto de la tienda que tuvieron en Houston, que parecía un changarro del centro más que una boutique hermana de la de la Zona Rosa. También tenía miedo, aunque era echada para adelante había algo en sus alas que siempre pesó. Necesitaba habitar en una casa estructurada y confortable, atender a sus hijos. Tal vez porque mi abuela siempre trabajó con un horario de tiempo completo, para mi madre era un privilegio no tener que estar siempre puertas afuera. Su padre no le había permitido estudiar pintura como ella quiso, a su marido no se atrevió a decirle que se iba un mes a ser la directora de arte de la película *Bajo el volcán*, como le había propuesto Luciana Cabarga. A cuántas cosas no se habrá atrevido y no lo sé, cuántas cosas habrá hecho por debajo del agua y no me enteraré. Tal vez cada uno de sus hijos posee un ángulo para verla mejor.

Pensaba eso mientras abríamos cajas. Ahí estaban las tarjetas que se mandaban a hacer con los nombres de los dos. Impresiones muy finas que acompañaban los regalos o las flores que enviaban. Sus nombres engarzados sobre fondo blanco. Una forma de estar en vida, porque sus nombres también están adosados en el nicho donde depositamos sus cenizas. Una manera de repetir los monogramas de aquellas sábanas que la novia bordaba con las iniciales de los futuros esposos.

La viudez de mi madre duró un año. Decía: *A tu padre le hubiera gustado tal, tu padre tal…* Estaba tan fresca su muerte. No se deshizo de esas tarjetas que ya no usó y que yo tampoco me atrevo a desechar. Entre los papeles del altero había algunas fotos que nunca encontraron cabida en el álbum ni en los diversos álbumes que ella armaba para preservar la memoria familiar. Cuando murió mi padre se deshizo de los papeles que correspondían a su familia. En cambio, estaban las libretas de mi abuela y las cartas que ella cuidadosamente puso entre micas. Mi hermana y yo hicimos un apartado de aquello que cada una quería conservar. Revisábamos cada montón y nos preguntábamos cuando teníamos duda de si queríamos tal o cual cosa. Mi hermana dijo que como yo escribía me correspondían los documentos. También elegí la libreta de teléfonos amarilla con números de seis cifras. Durante nuestra vida en familia estuvo junto al teléfono de disco para que mi madre pudiera llamar a la tintorería, al gas, al pediatra, a los amigos y parientes. Los directorios telefónicos cuentan una historia de relaciones y vida cotidiana. Y dan fe de los ausentes.

*Tú eres la que escribe*, me lo digo a mí misma, por eso estoy aquí en el acomodo de mis padres, para quitarles el polvo, la incomprensión y el dolor que habita el cuerpo hasta entumecerlo. No es posible vivir su ausencia con la misma intensidad que su presencia. Añoro esa intensidad. La escritura es apenas una estela sobre el agua.

Mi hermana y yo nos hablábamos poco porque en los días pasados se habían soltado navajas y el cuerpo estaba tenso y los ojos se esquivaban. Nuestro mapa común era esa mesa revuelta que intentábamos repartir, como países después de la batalla. Una caja contenía los dibujos que hizo mi madre. Con mi hermana y otra amiga de mi madre organizaron sesiones de dibujo con una modelo, ahora detenida desnuda al carbón, tal vez muerta como mi propia madre. También estaba el rostro de una mujer indígena y algunas naturalezas muertas con trazos en pastel.

Entonces apareció aquel dibujo sobre un discreto papel tamaño carta. No recuerdo quién fue la primera que lo vio. Ahí estábamos dibujadas a lápiz, ajenas al ojo de mi madre que nos observaba, mientras nuestra atención se perdía en la televisión. Mi hermana escurrida en el sofá, yo más derecha, las melenas lacias con el fleco rematando sobre las cejas. Debíamos tener ocho y seis años. Ropas iguales, vestidos con talle largo y una pequeña falda plisada a cuadros. Dos hermanas mirando la televisión una tarde de cualquier día mientras mi madre nos estampaba en su cuaderno para siempre. Conocíamos los otros dibujos que estaban en esa carpeta. ¿Por qué este no? El dibujo parecía haber sido guardado para nuestro descubrimiento al unísono. Era pariente del de mi padre con el periódico, ambos recogen una escena casa adentro sin que los que aparecen en el dibujo nos percatemos de la mano que espía el contorno de las caras, los ojos achispados de mi hermana, los más pequeños en mi rostro, una actitud en nuestras posturas una tarde remota en la colonia Roma.

*Mira*, le digo y se lo acerco. Lo sostenemos entre las dos con las manos muy juntas, como un pequeño tesoro que nos trae a nuestra madre de regreso. Nos está dibujando, nos mira y acompaña la posibilidad de que seamos las mujeres que ahora somos. No le podemos devolver el asombro.

Nos ponemos de pie, nos abrazamos y lloramos.

Mi hija mayor reprodujo en la pantalla de televisión el resultado de la consulta médica. Eran los primeros monitoreos de su embarazo. En una gráfica acompañada por el latido del corazón de aquella prueba de vida se veía el oleaje de intermitentes y rápidas sacudidas. Eran los incipientes bombeos para irrigar un cuerpo en formación. Un corazón en miniatura. Compartí butaca con la futura madre y me emocioné frente a aquel concierto anticipatorio.

En el tablero luminoso que vigilaba el desempeño del corazón de mi madre observé la gráfica. Las señales de un corazón empeñoso y dispuesto a seguir navegando la vida. Esa partitura a dos corazones engarzaba lo que apenas se asoma con lo que resiste al final del camino. Había una dulce nostalgia en la melodía y yo la podía escuchar.

*Si fuera mi madre ya no haría nada.* Fueron las palabras del internista en el pasillo frente al cuarto acristalado donde mi madre estuvo aislada, como una pieza cárnica y no en un refugio para sobrevivir. Fue sensato y sincero. Sabía que la situación no tenía remedio, que el desbalance era tal que más allá de la pérdida del movimiento del brazo derecho, una afección seguiría a otra en un despeñadero indigno e invalidante. La oncóloga a su lado aún trató de defender su «estrategia» pero ni siquiera la miramos: era una mota de polvo, un chiquillo malcriado que quiere atención. Mi madre tenía ochenta y seis años. Desde el comienzo había sido descabellado someterla a un tratamiento como el que la doctora propuso con enorme entusiasmo, y mi madre se prendió de aquella cuerda creyendo que la salvaría de las aguas de la muerte. La doctora y su cabeza muy peinada, su método científico y sus deseos de publicar un nuevo *paper* se empequeñecieron en el pasillo. Caminamos hacia la certeza del final: la habitación del adiós donde llevarían a mi madre. Con su sinceridad, el doctor nos había dado un acta de defunción. Esa caminata resignada fue la última decisión que tuvimos que tomar con la vida de mi madre, que ya no podía tomar ninguna con la suya.

Al lado de nuestra madre, bajo aquella mascarilla que la apartaba de nosotros aunque le suministraba el oxígeno, le marcamos a mi hermano. Desde la noche anterior lo alertamos sobre su gravedad, sin poderle dar ningún dato preciso de cuánto tiempo quedaba, pues la oncóloga no nos dio los elementos para el inminente final. Hizo a un lado la mascarilla y con una voz rasposa y seca dijo al teléfono: *Hijo, ven, me estoy muriendo.*

Mi madre era fuerte hasta para enfrentar su partida, pero tenía miedo de sufrir, de ahogarse. Había sentido esa asfixia cuando con los pulmones llenos de agua volvió al hospital. Pero el neumólogo de su confianza, tomándola de la mano, le dijo que no se preocupara; la llamó por su nombre y le aseguró que no sufriría. Se iría suavemente. Mi madre con sus ojos oscuros asustados lo miraba y se aferraba a su mano, asegurándose de que el trance hacia la muerte sería terso. Hasta entonces todo había sido violento, pero la voz del doctor y mi madre aferrada a su mano hicieron de la desesperación serenidad. Sus dos hijas a los lados, su nieto de pie, valiente y dolido, roto de tristeza acompañando la despedida que lo dejaba huérfano de abuelos. Algo le aplicaban ya a mi madre entre los líquidos a los que seguía conectado su brazo inerte.

Sentí la urgencia de regresar al momento en que le dimos la noticia del cáncer en su casa recién decorada. Cuando omitimos revelar el tiempo que le quedaba de vida. Aborrecí mi cobardía. Tal vez hubiésemos disfrutado en su casa unos cuantos desayunos de papaya y huevo tibio, un poco de crema untada en la cara por la noche, el Chanel Black detrás de las orejas y en la línea de los senos. Una que otra anécdota repetida. Que nos contara de nuevo aquel sueño impropio en el viaje a Acapulco del personaje que la abrazaba por la espalda con una erección y que nos dejó atónitos ante sus fantasías eróticas. O que nos hiciera reír por su desinhibida espontaneidad, como cuando dijo que si tuviera pito se lo agarraría todo el día, subrayó que debía ser fascinante tener algo por fuera con que jugar. Pero mi madre ya cerraba los ojos, mi hermana la tomaba de una mano y yo de la otra mientras la besábamos en la frente, que era el único pedazo de piel descubierto, y le decíamos cuánto la queríamos. Y mi hermano rumbo al aeropuerto, aunque llegaría tarde después de esas bruscas y verdaderas palabras. Ya viene en camino, decíamos, pues estaría subiendo al avión con esa última afirmación de mi madre como una daga en el pecho. Fingíamos paz, animándola al encuentro con mi padre y con sus hermanos y sus padres. Como si arrulláramos a una niña contándole mentiras, suavizando lo que no se puede cambiar.

La mano tibia y nudosa que no había perdido movimiento aún respondía con cierta fuerza. Tal vez le hubiera gustado ver el ritmo de su respiración dibujada en líneas de colores en la pantalla, su corazón aún con subidas y bajadas. Mientras vuelvo a decir: *Adiós mamá, estarás con papá,* la vista se me nubla. Quisiera heredar su templanza para salir airosa de todo. De niña se decía a sí misma que era *la viuda de los disgustos,* una expresión española para quienes exageran el drama, porque desde niña le hincó un diente intenso a la vida. Por ese diente siempre supo retirarse a lo Chaplin con bombín y sombrero a paso alegre. Así fue su último suspiro que no es tal, se desconectan los cables que atan a la vida y las luces se apagan pero aún vibra su intermitencia por unos segundos. De pronto todo se vuelve oscuro. Y es súbito.

Supuse que me quebraría al escribir estas líneas, que me desparramaría sobre el papel desconsolada. Pero resulta que he vuelto a tomar la mano cangrejo, tibia y elegante de mi madre, con sus dedos chuecos un poco artríticos.

Cuando escribimos novelas, les construimos una pequeña biografía a los personajes y los ponemos a actuar en consonancia con el desarrollo en la trama. En la trama de mi vida, el personaje que era mi madre no debía morir nunca. Yasushi Inoue escribió en su novela *Mi madre:* «Con la muerte de mi padre aprendí que él me había protegido a mí, su hijo, por el simple hecho de estar vivo». Frente a su muerte, mamá ya no nos pudo consolar, tenía prisa de no sufrir. Había dicho a mi hermano: *Me estoy muriendo* con un timbre de horror, no de tristeza. No podía con la incertidumbre de la manera en que llegaría el apagado total. ¿Cómo vamos a saber la manera en que encararemos nuestra muerte, si es que tenemos la oportunidad de verla de frente? A mi madre se le estampó en la cara. Hubiera deseado el consuelo de su madre más que el de sus propios hijos. El que yo añoraré siempre. *Adiós, mamá.*

Hoy es tu cumpleaños, mamá. Entre los papeles que nos repartimos en tu departamento recién estrenado, me encontré un papel pequeñito. Una carta a tu propia madre. A tu madre muerta. Le contabas de nosotras adolescentes, y de mi hermano niño, de lo que le gustaría ver a sus nietos y cómo la extrañabas. Hacía pocos meses de tu muerte, y yo no había tocado los sobres ni las cajas con tus papeles personales. Aún no lo hago a fondo. Solo que aquel pequeño papel parecía haberse resbalado y lo tomé. Me deshice en llanto. Quisiera volver a llorar así, como si una máquina barrenara mi cuerpo desde la garganta hasta el estómago. Un llanto salvaje y desquiciado. Deshacerse en llanto, como si una dejara de estar y se fuera líquida al depósito universal del agua. La verdadera revelación de la soledad vino entonces; la cadena de ausencias, la necesidad del eslabón, de seguir conversando la vida.

Quise protegerte de tu dolor, porque al final de esa carta tú te quebrabas, años después de la muerte de tu propia madre. La seguías llamando, un aullido de palabras para compartir el tiempo que mi abuela ya no podía atestiguar. Contabas tu soledad, madre, escribías una carta a un destinatario inasible. Qué falta te hacía tocar base. Tenías tres hijos y un marido, dos hermanos, una buena casa, un perro que te daba mucha lata porque lo atendías tú y un padre, mi abuelo, con el que no acababas de hacer las paces. Pero no estaba la abuela. Tú y yo llorábamos cuando la recordábamos en la terraza de Coyoacán. Yo soy la mayor de tus hijos, la que más la disfrutó. La que coreaba tu tristeza. La que nunca antes leyó esta carta que me hizo trizas porque ahora tú estás del mismo lado que la abuela. Ahora yo tendría que hablar desde la vida, donde tú ya no estás, contigo. Y madre, aún no puedo. No puedo escribirte esa carta con tanto que contarte; por ejemplo, que ya nació tu primer bisnieto. Mi primer nieto. Yo, igual que tú con tu madre, no pude compartir contigo la dicha de ser abuela. Y eso que viviste largo, pero ni yo ni mi hija mayor fuimos madres jóvenes. Casi te hubiera dado tiempo de mirar la sonrisa cautivadora de mi nieto, oírlo decir «agua», su primera palabra, una petición que lo conecta con el mundo y que me hace pensar en el cuento de Leopoldo Lugones, «Izur». El mono al que el protagonista quiere escuchar hablar, porque insiste en que su silencio es un acto de voluntad, una rebeldía, que los monos hablaban y callaron. En su necedad llega a la tortura, a la vejación para que el animal hable. Lo logra: *Agua, amo, agua.* Ya te estoy contando algo desde este reino, y si me dejaras leerte el cuento en voz alta, dirías tal vez, con esa observación que un día hiciste cuando me pongo un libro cerca del corazón mientras hablo de él, que tú querrías averiguar las razones de esa cercanía. Pero aún no puedo, madre, ni escuchar tu voz grabada con los comentarios alrededor de las cartas que mi abuela mandó a mi abuelo en los albores de la Guerra Civil. No puedo rozar la temperatura fresca de tu fraseo, el tono exacto de tus palabras, su pausa, el asombro que nos rebasaba cuando las leíamos juntas, la noción de que sabíamos el devenir de aquella historia primero cargada de esperanza, de *los niños crecen*, de *ya regresa*, de *ya manda dinero*, hasta empezar a escuchar la necesidad de callar a los tres pequeños que cantaban *La Internacional*, o la metralla en la sierra o el piso de Pizarro, lleno de los parientes de Navacerrada, donde la guerra ya había puesto un pie. Llorábamos, madre, en el Sanborns de San Ángel, de los pocos lugares sin música de fondo, donde tu oído seguía mi voz leyéndote las cartas, y donde a esa hora de la mañana la concurrencia era escasa. No puedo echar a andar las grabaciones, tan solo vernos en la imaginación porque la voz se parece a tu caligrafía redonda y pausada cuando escribes a tu madre, de tu reino al suyo para contarle en papel las últimas noticias de tu familia y constatar el tajo de su ausencia. Un acto de fe, de esperanza en que las palabras serán escuchadas, ¿por el papel? ¿Por tu hija cincuenta años después? Justo cuando tú ya no estarás para contarme cómo te sentaste frente al secreter o la mesa del desayunador y con mediación de la pluma soltando tinta desde tu corazón estuviste con tu madre. Ahora que no estás te comprendo mejor. Nos faltan nuestras madres.

No te puedo escribir aún, pero te escribo todos los días, te saludo besando la foto donde estás sonriente con tu delantal del día que hicimos croquetas. Como si jugaras a la cocinera. Eran las croquetas para mi cumpleaños. Las últimas que preparaste, las que yo solo he repetido una vez con poca fortuna. Pero nos dejaste el rito, la herencia de la abuela con quien tampoco las preparaste en vida, fueron tus madalenas de Proust. Son mis madalenas de Proust. Feliz cumpleaños, mamá.

Su amigo le lloró desconsolado asido a su mano, mientras al pie de la cama la oncóloga y los doctores que la atendieron contemplaban con la cabeza gacha el deceso de su paciente. Parecían zopilotes blancos en un tejado repitiendo una coreografía conocida. Por fin la despojaron de esa mascarilla que la mantuvo distante los días finales. Los latidos de mi corazón protestaban y rompían el silencio del adiós. ¿Cuál es el último adiós? Porque todavía en la funeraria tuve que alambrar las emociones para que no me traicionara el llanto y poder decir algo —tanto— sobre quién era mi madre. Fue extraño el funeral de mi madre sin mi madre. Porque ella había estado cuando despedimos a mi padre y ella era el centro de nuestra preocupación. Pero ahora no había tronco, solo las ramas de un árbol: la descendencia. Y mi hija menor lloraba en el pequeño cuarto que asignan para la privacidad de la familia y mi primo tocaba en el saxofón *Stella by Starlight* que tanto le gustaba a mi madre.

Con el triste entrenamiento de la muerte de mi padre, no quisimos su embalsamamiento ni ver su rostro después de la vida. En el cuarto de hospital me había quedado a solas con mi madre muerta sobre la cama desnuda de aparatos, entonces contemplé esa cara que ya no era mi madre. La piel se le había pegado a los huesos, su nariz era un cuchillo, la mandíbula abierta había quitado el gesto a su boca y un color grisáceo revelaba a una anciana que no se parecía a mamá. Grité. Con la pañoleta morada y verde que era de mi hija y que había tomado precipitadamente para llegar al hospital, rodeé su cabeza y la até para atenuar la descompostura de la boca abierta en el rostro muerto. Después salí por la puerta sin mirar atrás; en esa escenografía ya no estaba mamá.

El momento de la muerte no es la ausencia, es el golpe. El despojo. La ausencia llega con suavidad y es inclemente. Es como la resaca del mar, el agua que se retira después de que la ola azota contra la arena. Solo que en la ausencia no hay vaivén, el agua se hunde en la masa oceánica, se difumina y se vuelve parte del todo pero ya no es de uno.

La ausencia es más difícil que la muerte.

# Un encuentro

La familia de mi padre llegó de Tapachula a vivir a la Ciudad de México después del asesinato de mi abuelo. Su memoria de aquel tiempo es difusa, recuerda las palabras y la ausencia. Le habían dicho que su padre estaba de viaje, que vendría con una bicicleta. Se lo habían dicho desde los dos años y él se contentaba con esperar en la estación de tren. Se lo siguieron diciendo cuando llegaron a la estación de la Ciudad de México sin el padre y con los tres hermanos mayores. Montaron una finca de café en Chiapas; con la raya que llevaba a los trabajadores asesinaron a mi abuelo sobre el caballo. Mi padre tenía dos años cuando se quedó huérfano, era el más pequeño y llevaba el nombre compuesto por el de sus padres. El primogénito había muerto de paludismo y se llamaba como mi abuelo; en el más pequeño, mis abuelos santanderinos fundieron sus nombres. La historia de mi padre es también la de un exilio forzado que lo llevó a la colonia Juárez, donde vivió la infancia y la adolescencia. Era un edificio también afrancesado donde vivían varios españoles que como migrantes se cobijaban los unos a los otros. Él vivía en el primer piso, sus abuelos y tíos en otro, en la buhardilla sus primos Mendoza. Los Mendoza eran hijos de la filipina Heriberta Costumero y por ello tenían algo de orientales. Cuando lo contó mi padre, yo saboreé la potencia de ese nombre pensando en la escritura. Jugaban futbol en el patio y, como la gente protestaba por los vidrios rotos, hacían la pelota con un enredijo de medias. Casas preciosas con banquetas anchas donde se caminaba al mercado o a la tienda de abarrotes de sus primos que luego se mudaron encima de la tienda en Nápoles y Hamburgo. Una colonia a la que llegaron ecos de la guerra civil española y mi padre se hizo amigo de exiliados. Iba ya trazando las coordenadas que lo llevarían a mi madre sin saberlo.

La banda de mi padre se apiñaba en un espacio breve de la Juárez. El dinero no abundaba, mi abuela era viuda y sus hijos comenzaban a trabajar. La vida era dura aunque mi padre no la describe así, se le llenaba de gozo la voz cuando se recuerda patinando en la duela del Frontón México, adonde iban con algunas chicas. Entre ellas María Luisa Elío, tan guapa y original, tan cercana a la España rota por la guerra, pues no era lo mismo ser hijo de quienes vinieron a hacer la América que de quienes no tuvieron más remedio que dejar la casa y salvar las ideas. Mi padre no tenía *un balcón vacío*, sino un cafetal abandonado. Y en ese cafetal estaban los anhelos que pudieron haberlos hecho dueños de una casa como la de Pepe, que aún no era su amigo. Porque empezaron a los golpes. Que si *el güerito*, que si cómo se vestía. Y *ándale, túndelo* y en la calle de Hamburgo se organizó la pelea. La porra de mi padre, mayor; la del otro, más selecta. Y si ganó uno de los dos, mi padre no lo contaba, porque otro recuerdo más poderoso suplanta la efímera contienda, el chofer de Pepe, que había sido boxeador, se ofreció a entrenarlos en el *garage* de la casa. Y allí empieza la amistad. Mi padre se pone sus mejores prendas, habrá tenido un saco que heredó de sus primos. Y con esa galanura evidente en las fotos y los comentarios de mi madre asiste a la cena en la casa del diplomático. En la mesa hay un cartón con el nombre de cada uno de los invitados. Es un mundo sofisticado por el que entra naturalmente, porque con Pepe habla de música y de libros, de Hemingway, de la guerra, del mundo que quiere ver. Y le gusta ver su nombre manuscrito y escuchar al padre de su amigo como a su abuelo, que le heredó el bastón con cabeza de plata.

Mi padre tenía diez años cuando llegaron los niños de Morelia a la Ciudad de México. En casa de Pepe había escuchado hablar del presidente Almazán, de una España progresista y después de una España en guerra y después de Franco, y por eso ir a recibir a los niños de Morelia tenía un sentido para él. Fue solo, caminó por Reforma hasta la Estación Colonia, que fue demolida poco después. Y allí estuvo el 8 de junio entre muchas personas esperando a que llegaran los catorce vagones de tren. Le impresionó que todos los niños estuvieran pelones y que sonrieran. Le gustaron sus sonrisas. Yo lo pienso tomando esa decisión solo, caminando hacia la estación como quien toca la España de sus orígenes, desanda la travesía de sus padres y sus tíos por barco con solo cruzar Reforma, y llega a recibir a los niños sin padres que no tuvieron otro remedio que llegar a México. Quizás por eso le fascinan sus sonrisas, sus ojos brillantes. Y se siente cerca de ellos. Canta el himno de México y escucha a los niños cantar el suyo. Se llama *La Internacional*, pero lo sabrá después, cuando el padre de Pepe le pida la crónica. Esa es la España de la que se siente cerca, la España de las ideas, la España libre. No es la misma de casa. Porque la de casa es la de los hombres prácticos alentados a la aventura de una mejor vida, la de los que rezan a la virgen del Consuelo. Están hechos de tierra y sudor, y lo que tienen ha costado mucho. Ha costado la vida del padre de mi padre. Pero mi padre jovencito no ha pensado todo esto, no todavía. Me cuenta que una vez un amigo suyo, hijo de refugiados, le dijo despectivamente que él era un gachupín, pues no había llegado con el exilio. Eso lo enfureció, le dijo que él estaba con los republicanos por convicción, no por la casualidad de ser hijo de uno de ellos. A mi padre le brotaba a menudo esa vena enfática y apasionada. En ese andar con las manos metidas en los bolsillos hasta la estación porfiriana iba ya emparejando sus pasos con los de mi madre, que llegaría un mes después, no como niña de Morelia, pero sí como refugiada. Tal vez ya iba buscando su huella, sus ojos negros y almendrados, su estirpe andaluza, su gracia madrileña.

Despuntaban los años cincuenta y los jóvenes caminaban su colonia como la playa de Hornos en Acapulco, cuando el sol bajaba y todos se habían quitado la arena y lucían tostados y frescos. Mi madre solía juntarse con sus amigas en la tienda de equipo fotográfico de Nápoles esquina Londres, mi padre en la otra esquina, en La Francia con sus primos. No sabía que desde allí un muchacho alto la veía pasar; luego le contó que le gustó cómo caminaba, paso muy largo, de venadito, muy tímida. Ella a los doce años ya se había fijado en ese muchacho mayor, alto y apuesto que además la miraba.

En la glorieta de Colón, y después en la calle de Viena, estaba la Academia Hispano-Mexicana, donde los chicos del Colegio Madrid o del Luis Vives, fundados por exiliados españoles, continuaban sus estudios. Era la escuela de mi madre y ella caminaba desde la calle de Marsella hasta llegar a Reforma. Lo hacía todos los días, de ida y vuelta. El departamento de Marsella no es la primera casa a la que llegó a vivir a México. Recién desembarcada del *Orinoco,* en el que viajaron de Cherburgo a Veracruz, llegaron en tren a la Ciudad de México. A bordo del barco alemán, mi abuela les advirtió que no podrían cantar *La Internacional* como solían hacerlo en el último verano madrileño. Vivieron en el hotel Escargot, cuyos dueños eran franceses y se habían hecho amigos de mi abuelo. A ella le decían la patrona y era gorda y risueña, además de maravillosa cocinera.

A mi abuelo le ofrecieron un trabajo en Los Mochis en el ingenio cañero, y vivieron en una casa en la colonia Americana por un par de años mientras mi abuela daba clases de costura, luego vuelta a la Ciudad de México a andar de saltamontes entre piso y piso hasta que el trabajo de mi abuela como modista pudo garantizar una renta constante y encontraron el de Marsella, a pocas calles de donde vivía mi padre.

Dejar Los Mochis había sido duro, aunque quizás mamá ya se empezaba a curtir en despedidas, pues las acequias llenas de sanguijuelas que se le pegaban a sus piernas carrizo, los pollos a los que repartía maíz, las muñecas de papel que habitaron una jaula hecha casa quedaron plantadas en su memoria niña. Mucho más que las bombas en Madrid, sepultadas en un sueño recurrente que su hermano mayor le descifró un día. Veía un perro blanco disecado debajo de una mesa. El mayor tenía clara la memoria: cuando bajaban al refugio del edificio en los bombardeos y los niños se metían bajo la mesa, los acompañaba un perro, el primero en detectar el vuelo de los aviones antes de que sonara la sirena. Era su ancla y arropo. Pero en el sueño era un animal momificado. Una manera de conservar el tiempo que la guerra le había escatimado, la ciudad que ya no fue suya más que en los documentos y en el recuento de su madre. Mi madre tenía doce años y acompañó a la abuela a ver un departamento cerca de la estación Buenavista, que resultaba práctico para visitar a mi abuelo en alguno de los ingenios de Michoacán o Jalisco donde trabajaba, y luego el de Marsella. La abuela le dio a escoger. Le encantó el de Marsella, no reparó en las ventanas de la cocina que daban al norte, donde desayunarían con abrigos y guantes en el invierno.

Ese trotar el espacio había sido vertiginoso desde Madrid, de donde salió mi abuela con sus tres hijos a Valencia y luego a París, pues una prima de mi abuela vivía allí casada con el cocinero del rey Carol. Un camino muy largo de capital a capital. Por eso le habrá costado tanto mudarse a la última morada de su vida. Ya casada lo suyo era permanecer muchos años bajo el mismo techo.

Si a mi padre le mataron a su padre, a mi madre le mataron la pertenencia. No supo lo que era crecer con primos y tíos, como lo hizo mi padre en la colonia Juárez. Estaban solos los cinco de su familia. Por una guerra y un asesinato ambos migraron del lugar de nacimiento a la capital mexicana. Por eso con sus amigos de la Academia Hispano-Mexicana fundaron la hermandad, por eso unas calles de la Ciudad de México se volvieron el territorio donde mi madre y mi padre alinearon sus pasos. Mi padre cruzó la calle, el oceano Atlántico de sus vidas, y la venadita tímida aceptó sus primeros devaneos.

Venían de los sueños mutilados de sus padres, con hambre de construirse los suyos. En los jardines de El Escargot y con los platillos de la patrona celebraron su boda. Los *escargots* se convirtieron en la comida predilecta de mi madre. Mi padre festejaba su cumpleaños llevándola a comerlos, *gracias, Sol, gracias, Bicho.*

Los detalles de la conversación primera se pierden con el ruido de los autos, el bullicio de los siglos encabalgados y la desmemoria del tiempo. Tal vez el atrevimiento de la escritura puede desandarla. Y celebrarlos para no perderlos.

# Agradecimientos

A Myriam Moscona, por la fineza de su oído. A Elisa Herrera por descifrar mis garabatos. A Gabriel Sandoval, por saber que detrás de un título hay una historia; a Carmina Rufrancos, por dar alas al trayecto. A David Martínez por acompañar la escritura con su inteligencia, sensibilidad y oficio.

A Jorge por la compañía y la casa de la montaña al principio de la pandemia. A Manina por estar.

A Charo y Miguel Ángel, mis padres, los ausentes. A Teo, mi sobrino imprescindible. Y a Tomás, mi nieto, que confirma la continuidad de la vida donde mis hijas Emilia y María son la proa.

# Citas

Adichie, Chimamanda Ngozi, *El duelo.* México, Random House, 2021.

Glück, Louise, *El iris silvestre.* España, Pre-textos, 2006.

Guillén, Jorge, en *Microgramas,* de Jorge Carrera Andrade. Quito, Corporación Cultural Orogenia, 2007.

Inoue, Yasushi, *Mi madre.* México, Sexto Piso, 2020.

Kallifatides, Theodor, *Otra vida por vivir* (traducción de Selma Ancira). España, Galaxia Gutenberg, 2019.

Olds, Sharon, *El padre.* Madrid, Bartleby Editores, 2004.

Vargas, Rafael, «Invención de un mueble», en *Siete poemas para esta semana.* Selección de Felipe Garrido, Academia Mexicana de la Lengua. Consultado en: www.academia.org.mx/noticias/item/siete-poemas-para-esta-semana-seleccion-de-felipe-garrido-103